GOLDMANN

HASSO
PLÖTZE

Heimtückisch

Kriminalroman

Originalausgabe

GOLDMANN VERLAG

Made in Germany · 6/87 · 1. Auflage

Umschlaggestaltung: Design Team München
Umschlagillustration: Design Team München
Satz: Filmsatz Schröter GmbH, München
Druck: Elsnerdruck, Berlin
Krimi: 5024
Lektorat: Annemarie Bruhns
Herstellung: Gisela Ernst
ISBN 3-442-05024-3

Die Hauptpersonen

Barbara Hilpert	Ehefrau eines höheren Angestellten, der in finanzielle Schwierigkeiten geraten ist
Herwig Sträter	Kunstsammler
Siegfried Rotermund	Besitzer der Kolibri-Bar – mit längerem Vorstrafenregister
Susi Kerner	junges Mädchen, das zuviel weiß
Alice	Gunstgewerblerin
Kurt Stach	Hauptkommissar des 1. K.
Ralph Thorn	sein leichtsinniger Neffe
Peter Graff, Uwe Etzler Dagmar Rückert	Kollegen von Stach

Der Roman spielt in einer fiktiven Stadt in Nordrhein-Westfalen

1

Im Schlaf sah der Mann ganz anders aus. Im schwachen Licht der Nachttischlampe, im Spiel von Licht und Schatten waren die Kerben in den Mundwinkeln und über der Nasenwurzel tief wie Furchen in frisch gepflügtem Acker. Er atmete ruhig und entspannt, der athletische Brustkorb mit dem grauen Haargekräusel hob und senkte sich gleichmäßig. Er hatte erreicht, was er wollte, und jetzt, da es geschehen war und sie die Linien des herrischen Gesichtes studierte, empfand sie nur sachte abklingende Erregung und weder Widerwillen noch Abscheu. Ihr Körper war Basis eines Geschäftes geworden, na und?

Die Frau löschte das Licht, warf den seidenen Morgenmantel über und trat ans Fenster. Sie wäre gern hinausgegangen auf den Balkon und hätte die Lungen voll Ozon gepumpt, aber sie stand nur da und atmete flach und dachte an ihren Mann, dessen Kopf sie nun gerettet hatte – durch einen einfachen Akt der Prostitution. Freiwillig und nach reiflicher Überlegung, obwohl sie sein weinerliches Selbstmitleid verachtete und weil sie gesellschaftliche Ächtung und sozialen Absturz nicht zulassen konnte.

Sie tastete sich zurück zum Bett, nahm die Zigaretten vom Nachtschrank und das Feuerzeug, klippte die Flamme gedankenlos an und tat einen tiefen Zug. Der Mann drehte sich auf die andere Seite und ächzte leise. Sie nahm den Ascher in die linke Hand und trat wieder ans Fenster. Hinter schnell dahinziehenden Wolken blinzelte der Mond hervor, unten im

Tal schwenkte ein Scheinwerferbündel über den fahlen Spiegel des Sees, es war so still, daß sie das Ticken der Armbanduhr hören konnte.

Polterte da nicht etwas? Ausgeschlossen, sie waren allein in dem großen Landhaus mit seinen mehr als zwanzig Zimmern, die Strehlitz mit den Schätzen eines langen Sammlerlebens ausgestattet hatte. Die Madonna in der Halle repräsentierte allein einen Wert von fünfzigtausend Mark. Dazu die Manets und Corots, der Gauguin...

Eine Tür fiel ins Schloß. Es hörte sich an, als habe jemand dagegengetreten. Plötzlich hatte sie die verrückte Idee, ihr Mann habe seine Eifersucht wiederentdeckt und käme als Racheengel herauf. Der Gedanke war so absurd, daß sie nervös auflachte.

Sie lauschte angespannt, sog an der Zigarette, ehe sie sie wieder ausdrückte, und huschte auf nackten Füßen zum Bett zurück. Eben noch war ihr heiß gewesen, jetzt lief eine Gänsehaut über ihren Rücken.

Da, ganz deutlich, Schritte in der Halle, auf den Solnhofener Platten! Ob seine Frau zurückgekommen war? Ausgeschlossen! Er hatte noch abends mit ihr telefoniert, so schnell konnte sie nicht einmal mit einem Sonderflugzeug vom Comer See heraufgekommen sein.

Plötzlich die klare Stimme des Mannes, als habe er überhaupt nicht geschlafen, sondern sie die ganze Zeit beobachtet. »Du schläfst nicht?«

Sie deutete zur Tür und stellte den Ascher weg. Die große Hand des Mannes tastete nach ihrer Schulter, ihrer Brust. Sie hielt sie am Gelenk fest, flüsterte: »Unten ist jemand. Ich habe genau gehört...«

Er lachte leise, eine Hand glitt über ihren flachen Bauch. »Ach was, du träumst.«

Dann lag seine Hand still, ballte sich zur Faust, wurde hart wie ein Stein. Der da unten schien sich sehr sicher zu fühlen, denn etwas in der Halle schepperte, es hörte sich an wie eine Leiter.

Strehlitz richtete sich auf, knipste die Nachttischlampe an, zog die Nachttischlade auf und nahm einen Revolver heraus – alles in einer einzigen fließenden Bewegung. Angst schien ihm fremd zu sein. Er sprang aus dem Bett, warf den Bademantel über, schlüpfte in die Pantoffeln und ging zur Tür. Die Linke schon auf der Klinke, wandte er sich um und murmelte: »Knips die Lampe aus und bleib ganz ruhig.«

Sie gehorchte. Als er die Tür öffnete, sah sie den schwachen Lichtschimmer von unten herauf, sie hörte das Schloß leise klicken und dann endlos lange Sekunden nichts. Sie richtete sich im Bett auf, biß, wie sie es vor vielen Jahren als Kind zuletzt getan hatte, in ihren Handknöchel, ohne es zu merken. Die Schläfenader pochte, ihre Gedanken liefen im Kreise. Wenn dieser Mann da unten wartete und etwas Idiotisches vorhatte...

Die Stimme von Strehlitz füllte mühelos jeden Saal. Sie duldete keinen Widerspruch: »Hände hoch! An die Wand, dalli!«

Sie atmete tief durch, knipste die Lampe an und griff nach den Zigaretten. Unten klatschte etwas, ein gurgelnder Schrei, wieder ein Schlag und noch einer, ein dumpfer Fall. Der Schrei erstickte. Warum schoß Strehlitz nicht? Oder hatte er den anderen niedergeschlagen?

Plötzlich eine vor Anspannung beinahe kreischende Stimme: »Das war höchste Zeit, Mensch! Wo kommt der Alte denn her? Ich denke, der ist in Brüssel?«

Sie steckte die Zigarette zurück in die Packung, knipste die Lampe aus und huschte ins Bad. Sie flog am ganzen Leib. Mein Gott, dachte sie, wenn die raufkommen und mich auch noch...

Aber sie kamen nicht. Eine Tür klappte, dann noch eine.

Viel später erst wagte die Frau, durch die Schlafzimmertür zu blicken. Strehlitz lag am Fuß der Treppe, beide Arme weit von sich gestreckt, ein wenig Blut sickerte aus einer Kopfwunde.

Kein Puls mehr. Unnatürlich große Augen starrten sie an, um die Lippen ein sardonisches Lächeln. Warum lächelte ein Toter?

Wieder kam es ihr so vor – als sie sich langsam aufrichtete und den Gürtel des Morgenmantels fester zog –, als sei nicht sie es, die hier stand, sondern eine Fremde – mit ihrem Körper zwar, aber mit Empfindungen, die ihr bisher unbekannt gewesen waren. Hatte sie sich nicht vorgestellt, beim Anblick eines Toten laut zu schreien oder fliehen zu müssen oder in Tränen auszubrechen oder in Ehrfurcht zu erschauern und vielleicht sogar zu beten?

Nichts dergleichen. Da war nicht einmal mehr Angst vor den unbekannten Männern, die Strehlitz getötet hatten und sicher jetzt kopflos durch die Nacht flohen. Alles für die Katz', dachte sie, und wunderte sich nicht einmal, daß sie so unberührt, so kalt denken und dann handeln konnte.

Alles für die Katz'? O nein! Von ihrer Seite waren alle Bedingungen erfüllt worden, nun sollte Strehlitz seinen vereinbarten Beitrag leisten.

2

Die Eisheiligen kamen pünktlich in diesem Jahr. Am 11. Mai – Mamertus – fiel das Thermometer schlagartig um fünfzehn Grad, nachdem tags zuvor die Meteorologen schon den dritten Sommertag des Jahres registriert hatten. Und am Morgen dieses 13. Mai – Servatius – zeigten die kleinen übriggebliebenen Lachen vom Schauer am Vorabend eine dünne Eisschicht.

Den meisten K-Beamten war das egal, abgesehen davon, daß sie sich wieder etwas wärmer anziehen und die Heizkörper in ihren Diensträumen aufdrehen mußten. Hauptmeister Karl Smarsin allerdings fluchte wie ein Fuhrknecht, weil der vollerblühte Magnolienbaum in seinem Vorgarten zu einem Bild des Jammers verkommen war. Jeder Hobbygärtner hängt an seinen Blumen. Für den Rest des Tages, wußte Gert Rengsdorf, würde das ein unerschöpfliches Thema sein. Er hatte das Glück – in diesem Fall das Pech –, das Büro mit Smarsin teilen zu müssen.

Bei der Frühbesprechung war die kleine Welt des Landkreises und damit die der Kriminalbeamten noch in Ordnung. Der KvD – der Kriminalbeamte vom Dienst – sprich Nachtdienst – meldete außer dem obligatorischen Automatenbruch und einem versuchten Selbstmord keine besonderen Vorkommnisse. Der Leiter des 2. K., Hauptkommissar Brake, verbreitete sich über den oder die Einbrecher, hinter denen seine Leute seit einem Vierteljahr vergeblich her waren und denen sie jetzt schon aufgrund des immer gleichen *modus operandi* geschätzte neunzig Einbrüche nachweisen könnten, wenn sie sie nur erst beim Schlips hätten. Im übrigen häuften sich, seit die Kreisstadt einen direkten Autobahnanschluß bekommen hatte, die Autodiebstähle. Das war's denn schon.

Da jeder der Beamten selbständiger Sachbearbeiter war und folglich sein festes Programm an unerledigten Fällen auf dem Schreibtisch liegen hatte, konnte ihnen eine ereignislose Nacht nur recht sein. Ihre Aufklärungsstatistik sah ohnehin bescheiden genug aus, besonders bei Eigentumsdelikten; sie lag bei nicht einmal fünfzig Prozent und damit zwar über dem Bundesdurchschnitt, aber wer konnte es dem Chef versagen, daß ihm neunzig Prozent Aufklärung lieber gewesen wären? Daß diese Quote nicht einmal in einem totalitären Polizeistaat zu erreichen war, wußte jeder Praktiker.

Das 1. K., befaßt mit Gewaltverbrechen, aber auch mit Rauschgiftdelikten, Brandstiftung und Wirtschaftsvergehen, besetzte die Büros im vierten Stock. Kurt Stach war vor einem halben Jahr Hauptkommissar geworden, doch er leitete das 1. K. schon seit zwei Jahren. Bei frischen Leichen zehrte er von der langjährigen Erfahrung, die er in einer Mordkommission im Ruhrgebiet gesammelt hatte. Hier auf dem platten Land, in der Provinz, wo Füchse und Hasen sich gute Nacht sagten, hatte er einen ruhigeren Job erwartet. Es irrt der Mensch, solang er lebt.

Stach betrat sein Büro mit dem stets peinlich aufgeräumten Schreibtisch um acht Uhr fünfzehn, warf drei Fernschreiben vom LKA und das umfangreiche Protokoll einer Dienstbesprechung der Führungskräfte auf den Schreibtisch, zog das Jackett aus, lockerte die Krawatte und griff zum Telefon, kaum daß es den ersten Klingelton von sich gegeben hatte. »Stach.«

Es meldete sich der Wachhabende der Polizeiwache unten im Haus, über den alle einkommenden Gespräche liefen, es sei denn, jemand wußte die Durchwahl zu den einzelnen Büros. »Herr Hauptkommissar, wir haben eine Leiche.«

»Wo?«

»In Schmallenhohn, Villa Strehlitz. Wissen Sie, dieses pompöse Haus über dem See, mit dem großen Park.«

»Strehlitz? Ist das nicht der Industrielle mit mindestens zwölf Aufsichtsratsposten?«

»Keine Ahnung, Herr Stach. Unser Streifenwagen ist draußen. Sie meinen, es sieht nach Mord aus.«

»Schöner Schaden. Danke, Ende.«

Er drückte die Gabel und wählte. Steiner vom Erkennungsdienst meldete sich nach dem dritten Läuten. »Packen Sie Ihren Koffer«, sagte Stach. »Wahrscheinlich Mord.«

Er zog die Krawatte fest und ärgerte sich, daß er sich ausgerechnet heute so fein gemacht hatte, weil um elf Uhr

Versammlung der Oberbeamten beim OKD angesetzt war. Dem entging er nun.

Wie Rengsdorf befürchtet hatte, hielt Smarsin ihm einen Vortrag über die schädlichen Einflüsse von Nachtfrost im allgemeinen und besonderen. Nebenher lief das winzige Radio, weil gleich wieder ein Wetterbericht zu erwarten war. Stach steckte nur den Kopf zur Tür herein: »Herr Rengsdorf, packen Sie Ihre Akten weg. Ich brauche Sie. *Pronto,* wenn's recht ist.«

Zehn Minuten später fuhren sie im letzten noch freien Dienstwagen durch die grüne Landschaft, Rengsdorf am Steuer, Stach neben ihm, Steiner im Fond. Sie sprachen nicht über Nachtfrost, aber auch nicht über Mord. Steiner erzählte den Witz von der Katze, der Maus und der Kuh, aber den kannten sie schon. Rengsdorf fuhr nie schneller als erlaubt, weil es keinem nutzte, wenn er den Wagen um einen der vielen Bäume wickelte.

Der Gärtner war sicher nicht der Mörder, auch wenn sein Benehmen ganz danach angetan war, ihn für schuldbeladen zu halten. Er konnte eher für siebzig als für sechzig gelten, sein Rücken war krumm von vieler Arbeit, und in jeder Pore seines Gesichts hatte sich Erde festgesetzt. Nicht daß er die Hacken zusammenklappte, als der Streifenführer ihn als den Mann vorstellte, der das Licht im Haus gesehen und sich gewundert hatte, weil doch der Herr Dr. Strehlitz gar nicht im Hause sein konnte – und der dann doch dagelegen hatte, wo er noch immer lag und gerade vom Hausarzt in Augenschein genommen wurde. Nein, er knallte nicht die Hacken zusammen, der alte Gärtner, aber er stand so stramm wie dazumal, bei der Armee, als er es bis zum Obergefreiten gebracht hatte.

»Dat is nämlich so«, erklärte er auf Befragen so umständlich wie nur möglich, »unser Chef, der Herr Dr. Strehlitz, der is nämlich eijentlich de janze Woche verreist, hat er jesagt. Un wat seine Frau is, die Frau Dr. Strehlitz, die is nämlich zur Kur weg. Un weil doch keiner im Hause war, hat auch die Haushälterin Urlaub un der Chauffeur un dat Zimmermädchen. Bloß ich, weil es doch jetzt so viel zu tun jibt im Park un mit de Blumen un all de Büsche un dat Gras un so, ich muß denn ja wohl nach'em Rechten sehen, un deshalb, als ich dat Licht... da hab' ich jedacht, da werden doch woll keine Einbrecher nich jewesen sein!«

In dieser Tonart ging es noch eine Weile weiter, doch ein in langen Dienstjahren geduldig gewordener Mann wie Stach war dadurch nicht aus der Ruhe zu bringen. Da er mehrgleisig denken konnte, schaute er sich um und bekam wieder dieses Gefühl des Unbehagens, das er immer empfand, wenn er es mit schrecklich reichen Leuten zu tun hatte. Vielleicht war es sogar eine Art Minderwertigkeitskomplex, den er unbewußt mit sich herumschleppte, einfach deshalb, weil er es nie zu großen Glücksgütern bringen würde. Die Aussicht auf eine gesicherte Pension war heutzutage immerhin schon fast soviel wie ein Sechser im Lotto. So registrierte er die offene Garage – das linke Tor der Doppelgarage, genauer gesagt, war geöffnet –, aber es war kein Wagen zu sehen.

»Fuhr Dr. Strehlitz nie selbst?« warf er ein.

Der Gärtner schaute ihn verständnislos an. »Aber sicher doch! Wo er doch gleich zwei Autos hat.« Aber was für Wagen das waren, konnte er nicht sagen.

Der Arzt kam aus der Villa, er schlüpfte im Gehen in den Trenchcoat und zog fröstelnd die Schultern hoch. Stach stellte sich vor und bekam zu hören: »Mindestens drei, wahrscheinlich mehr Schläge mit einem harten Gegenstand auf den Hinterkopf. Mehrere Brüche der Schädeldecke, die mutmaßlich zum, wenn nicht sofortigen, dann doch zum schnellen Tod geführt haben.«

»Die Todeszeit?«

Der Arzt schaute zurück in das Dämmerlicht der Halle. »Die Raumtemperatur dürfte vom Todeszeitpunkt an bis jetzt ziemlich konstant gewesen sein, nämlich laut Heizungsthermostat einundzwanzig Grad. Andererseits sind die Steinplatten in der Halle immer ziemlich kühl. Wenn ich Leichenstarre und Totenflecke in Betracht ziehe, möchte ich sagen: frühestens Mitternacht, spätestens zwei Uhr früh.«

Tüchtig tüchtig, dachte Stach. Ein umsichtiger Mann, dieser noch ziemlich junge Landarzt. Fand man nicht an jeder Ecke. Da er es wie alle Ärzte eilig hatte, empfahl er sich und ging, sein Köfferchen schwenkend, auf seinen staubigen VW zu.

»Kannten Sie Dr. Strehlitz gut?« rief Stach ihm nach.

Der Arzt warf das Köfferchen in den Fond des Wagens und schüttelte den Kopf. »Ihn weniger, er war viel unterwegs. Manager, wissen Sie. Höchstens im Sommer habe ich ihn mal flüchtig zu sehen gekriegt. Und im Herbst bei der Grippeimpfung. Seine Gattin allerdings konsultierte mich häufiger.«

»Welchen Wagen fuhr Dr. Strehlitz?«

»Manchmal einen Porsche, meistens einen 500er Mercedes.« Der Arzt rutschte auf den Sitz, zögerte und fügte hinzu: »Übrigens ist mir aufgefallen, daß die Madonnenfigur in der Halle fehlt. Außerdem ein Corot und ein Manet.«

Stach nagte an der Unterlippe. Im letzten Jahr waren im Dienstbezirk und in den angrenzenden Kreisen nicht weniger als sechs Madonnen geraubt worden, fast alle aus kleinen Kirchen, einige von hohem Wert, auch wenn sie nicht gerade aus Tilman Riemenschneiders Werkstatt stammten. Der Computer in seinem Kopf begann zu rotieren, denn gleichzeitig erinnerte er sich an die diversen Fernschreiben, in denen von gestohlenen Gemälden berühmter Künstler die Rede war. Einige waren in Museen oder städtischen Kunstsammlungen entwendet worden, die meisten jedoch bei Privatsammlern.

Er trat zum Wagen und forderte über Funk den Gerichtsmediziner an. Es würde eine Weile dauern, bis er eintraf. Mehr als fünfzig Kilometer Fahrt lagen für ihn zwischen dem Tatort und seiner Dienststelle in der Landeshauptstadt. –

Steiner schoß eine Serie von Farbaufnahmen von der Leiche, während Stach mit beiden Händen in den Hosentaschen langsam durch die Halle ging. Dabei kam er dem Toten nie näher als bis auf zwei Schritte. Die Hände behielt er in den Taschen, weil er vermeiden wollte, unbewußt irgend etwas anzufassen und so selbst Spuren zu verursachen. Das war oberstes Gebot an einem Tatort: keine vorhandenen Spuren verwischen, keine übersehen, besonders aber nicht selbst welche hinzufügen.

»Fertig«, sagte Steiner und packte die Leica und die Polaroid-Kamera weg. Stach deutete auf die Vierecke an der Wand, die sich deutlich abzeichneten, weil dort einmal Gemälde gehangen hatten. Steiner nickte nur, stäubte die Täfelung ein – ohne Hoffnung auf Erfolg, weil heutzutage jeder Klippschüler infolge der Dauerberieselung durch die Fernsehschule wußte, daß man vor einem Einbruch Handschuhe zu kaufen und sie dann auch anzuziehen hatte. Wie sich schnell herausstellte, gab es auch nicht den geringsten Fingerabdruck zu sichern.

Indessen hatte Kriminalmeister Rengsdorf draußen die Runde gedreht und unschwer feststellen können, daß der oder die Verbrecher durch ein Kellerfenster eingedrungen waren. Es war ohne Rücksicht auf Verluste mittels brachialer Gewalt aufgestemmt worden, und dabei waren mit Sicherheit einige nicht zu leise Geräusche verursacht worden. War Strehlitz davon wach geworden?

In einer Rabatte hinter dem Haus, neben der plattierten Terrasse, gab es mehrere Fußabdrücke. Der Gärtner behauptete, er habe die Rabatte erst vorgestern von Unkraut gesäubert und frisch geharkt. Folglich scheuchte Rengsdorf den ED-Mann Steiner zu den Abdrücken, der sie vorschriftsmäßig mit Schellack behandelte und dann mit Gips ausgoß. Es handelte sich um Schuhgröße einundvierzig, das Profil der Schuhe gab so gut wie nichts her, und da es im Landkreis mindestens fünfzigtausend Menschen mit dieser Schuhgröße gab, war die Sicherung der Spur womöglich wieder mal nur Beschäftigungstherapie. Alltag. Routine.

Rengsdorf, mit seinen achtundzwanzig Lenzen noch nicht in Routine erstarrt und, da es sich um etwas so wenig Alltägliches wie Mord handelte, scharf wie ein Terrier vor dem Fuchsbau, Rengsdorf zog seine Kreise weiter durch den Park, geriet dort, wo er an den Wald stieß, an einen Zaun und entdeckte oben im Stacheldraht den zackigen Ausriß einer Cordhose. Einen wunderschönen Triangel, den er vorsichtig löste und eintütete und mit Angabe des Fundortes beschriftete.

Er kletterte über den Zaun, ohne sich selbst die Hose zu beschädigen, und stieß wenige Schritte waldeinwärts auf einen Weg. Normalerweise diente er der Holzabfuhr, und an seiner Einmündung auf die Kreisstraße dritter Ordnung weiter unten am Hang stand natürlich ein Durchfahrtverbotsschild. Im Zeitalter der Motorisierung kümmerte sich kein Aas darum, weder die Sonntagsausflügler, die das Kreisgebiet überschwemmten, und schon gar nicht die Brüder von der Einbrecherzunft.

Ein Wagen war bis hierhin gefahren und dann rückwärts den Weg hinunter zur Straße, wie sich leicht aus den Spuren ablesen ließ. An einigen Stellen hatte er Berührung mit dem Buschwerk bekommen und Zweige abgeknickt. Dort zeichnete sich im weichen Untergrund neben dem Weg ein deutlicher Profileindruck ab.

Stach versuchte das Geschehen zu rekonstruieren, kam aber nicht recht weiter. Die reinen Tatbestandsmerkmale waren dürftig genug, hatten aber den Vorzug, absolut klar und eindeutig zu sein. Der oder die Täter – wahrscheinlich mindestens zwei – waren durch den Keller ins Haus eingedrungen. Sie hatten sich offenbar sicher gefühlt und nicht damit gerechnet, den Hausherrn vorzufinden und in seiner Nachtruhe zu stören. Vermutlich deshalb hatten sie mehr Lärm als nötig gemacht, Strehlitz war aus dem Schlafzimmer heruntergekommen – merkwürdigerweise unbewaffnet – und war niedergeschlagen worden. Da noch eine ganze Anzahl wertvoller Gemälde in den verschiedenen Räumen hing, ließ sich daraus schließen, daß die Täter unter dem Eindruck der Tat in mehr oder minder großer Panik geflohen waren.

Eins paßte nicht dazu: der offenstehende Safe in der Bibliothek. Der Schlüssel steckte noch in der Stahltür, aber die beiden Fächer dahinter waren leer. Natürlich leer.

Unnatürlich war lediglich, daß das wertvolle Gemälde, hinter dem der Safe normalerweise verborgen war, an der Wand lehnte. Ein Corinth, bestimmt einige Zehntausend wert. Wenn nicht mehr. Es fiel Stach schwer, sich darauf einen Reim zu machen. Und wieso stand die Garage offen? Hatten die Täter etwa auch einen von Strehlitz' Wagen geklaut?

Die Kennzeichen des Porsche und des 500er Mercedes bekam Stach schnellstens über die Kfz-Meldestelle. Vorsichtshalber gab er auf Verdacht beide Kennzeichen an die Datei in der Dienststelle durch. Sie wurden dort prophylaktisch als gestohlene Wagen eingetickert und gespeichert. Löschen ließ sich die Eingabe im Computer jederzeit, wenn sich der Wagen wiederfand.

Dann stand Stach im Schlafzimmer des Toten, vor dem französischen Bett. Er schnupperte ein Parfüm, das er am Toten nicht wahrgenommen hatte. Besagen mußte das nichts.

Das rechte Kopfkissen war zerwühlt, die Steppdecke so beiseite geworfen, wie jemand es tut, der schnell aus dem Bett steigt. Das linke Kopfkissen war ordentlich aufgeschüttelt und in der Mitte eingedellt. Also hatte Strehlitz allein geschlafen. Natürlich hatte er allein ...

Stach kniete plötzlich auf dem Bettvorleger nieder. Das blonde Haar stammte mit Sicherheit nicht vom Kopf des Toten, wahrscheinlich also von seiner Frau. Oder nicht? Stach entsann sich des Fotos auf dem Schreibtisch in der Bibliothek. Charlotte Strehlitz war ein dunkler Typ, eher schwarz- als braunhaarig. Ein blondes Haar?

Vorsichtig zog er die Steppdecke beiseite, nahm die Lupe heraus und untersuchte Zoll für Zoll das Bettlaken. Die Spermaflecke waren eingetrocknet, aber trotzdem als relativ frisch zu erkennen. Und es gab noch mehr Haare, blonde und dunklere.

Er sammelte alle ein und steckte sie mit der Pinzette in ein Reagenzglas, das er mit einem Pfropfen verschloß und etikettierte.

3

Jeder Mord macht Schlagzeilen. Nichts regt das öffentliche Interesse mehr an und auf als ein Verbrechen gegen das Leben, um so mehr, je höher das Opfer in der Rangordnung einzustufen ist. Kein Wunder also, daß gleich drei Reporter vor dem Portal der Villa lauerten, als die Leiche im Zinksarg abtransportiert wurde. Da hatte der Gerichtsmediziner den Tatort schon inspiziert – und die Leiche natürlich auch. Kein Wunder in diesem speziellen Fall auch, daß Staatsanwalt Harkort sich schon zu diesem frühen Zeitpunkt über den Stand der Ermittlungen informieren wollte und daß Polizeirat Markus Rowedder, seine respektheischende Figur von einsneunzig an den Tatort hatte chauffieren lassen.

Sowohl mit Harkort wie mit Rowedder ließ sich auskommen. Beide stellten sich im Zweifelsfall schützend vor ihre ermittelnden Beamten, wenn ein Fall mit Haken und Ösen nicht wie auf Rollen lief. Dieser hier, soviel stand jetzt schon fest, war nicht zwischen Suppe und Kartoffeln zu lösen.

Stach referierte kurz, knapp und präzise, wie Harkort es liebte. Er hütete sich vor Spekulationen, weil sie einen Kriminalisten höchstens in die Irre führen konnten. So dürftig die nackten Fakten sich darstellten, sie ließen mit an Sicherheit grenzender Wahrscheinlichkeit logische Schlüsse zu.

»Ich habe mit der Sekretärin des Ermordeteten telefoniert«, erläuterte Stach. »Sie hat keine Erklärung dafür, daß er in der vergangenen Nacht hier im Hause gewesen ist. An sich hätte er bis einschließlich heute in Brüssel sein und das Wochenende dann mit seiner Frau am Comer See verbringen sollen. Wenn wir davon ausgehen, daß auch die Täter die Villa für leer gehalten haben ...«

»Können wir das?« warf Harkort ein. Er war ein scharfer analytischer Denker und womöglich noch skeptischer, als es Kriminalbeamte aufgrund langjähriger und meist trüber Erfahrungen wurden.

Stach wiegte den Kopf und rieb sein linkes Ohrläppchen, ein Tick, von dem er nichts wußte. Er lächelte. »Wir müssen nicht, aber wenn ich die Serie von Einbrüchen heranziehe, die nicht nur in unserem Kreis, sondern im weiteren Umland seit mindestens einem Jahr registriert werden mußten, und bei denen es immer um den Raub von wertvollen Kunstgegenständen ging, wenn ich ferner den *modus operandi* vergleichsweise heranziehe, der bis auf Nuancen ständig der gleiche ist, dann wage ich den Schluß, daß wir es mit reisenden Tätern zu tun haben, die die Gelegenheit immer sehr sorgfältig ausbaldowern und – bisher jedenfalls – kein Risiko eingehen.«

Rowedder schloß sich dieser Meinung an. Stach fügte

einschränkend hinzu, was nicht ins Bild paßte: der leergeräumte Safe und der nicht gestohlene Lovis Corinth, vor allem aber der fehlende 500er Mercedes.

»Strehlitz ist mit dem Wagen nach Brüssel gefahren«, sagte er, »das steht einwandfrei fest. Er hat seinen Chauffeur für ein paar Tage beurlaubt, weil der Silberne Hochzeit feiert. Ja, und wenn Sie nun bitte das Schlafzimmer in Augenschein nehmen wollen . . .«

Rowedder fand es zunächst an den Haaren herbeigezogen, daß Strehlitz seine letzte Nacht nicht allein verbracht haben sollte, sondern in ehebrecherischer Zweisamkeit. Harkort hingegen wischte solche moralischen Skrupel mit einer Handbewegung vom Tisch. Er hatte das Privileg gehabt, an der einen oder anderen Party im Hause Strehlitz teilzunehmen, war auch mit dem Verblichenen öfter zur Jagd gegangen und wußte Interna über den persönlichen Hintergrund. »Wir müssen es nicht an die große Glocke hängen«, sagte er, »aber Strehlitz ließ nichts anbrennen, er war hinter allem her, was Röcke trug.«

»Das kompliziert die Sache erheblich«, meinte Rowedder nachdenklich. »Wir müßten demnach davon ausgehen, daß es eine Zeugin des Tathergangs gibt. Oder gar eine Komplizin?«

Stach nickte und malträtierte sein Ohrläppchen. »Ergo, wie schon die alten Griechen sagten: *Cherchez la femme.*«

In der improvisierten Pressekonferenz allerdings, die Rowedder wenig später abhielt, war von der mysteriösen Dame, die die letzte Stunde des Toten versüßt hatte, keine Rede.

Ein 500er Mercedes, ausgestattet mit allen Schikanen wie Telefon und Stereoanlage, wenn auch nicht mit Fernseher, ein solcher Protzschlitten fällt auch im Zeitalter der Vollmotorisierung immer noch eher ins Auge als ein Golf. Der bewußte mit dem Kennzeichen DOL – wie Dolve – ST 1 stand deshalb nicht lange unbeachtet auf dem Parkstreifen vor dem Apartmenthaus im Grüngürtel. Fast jeder Streifenbeamte kannte den Wagen, und da mittlerweile auch der letzte Polizist im Kreisgebiet über den Mord informiert war, konnte es nach der Wahrscheinlichkeitsrechnung nicht lange dauern, bis er – auffällig wie ein Pfau unter Legehennen – entdeckt wurde.

Genau um elf Uhr vierzehn an diesem Vormittag stoppte der Streifenwagen EDWIN 20/15 neben dem Statussymbol. »Ist er's, oder ist er's nicht?« fragte der Fahrer.

Der Streifenführer griff statt einer Antwort zum Funktelefon und rief die Station, und zwar der Einfachheit halber gleich die Dame am Computer an. Obwohl sie die Antwort sofort hätte geben können, tippte sie die Frage in den Computer ein und las knapp fünf Sekunden später vom Leuchtschirm ab, daß der Mercedes mit dem Kennzeichen DOL-ST 1 als gestohlen gemeldet war. Wieder ein paar Sekunden später wußte es der Streifenführer, der die Nachricht über den Funk an den Wachhabenden durchgab.

Hauptkommissar Stach erfuhr es von Kommissar Peter Graff, der gerade mit vier Fingern das Vernehmungsprotokoll eines Sittenstrolches in die Maschine hämmerte. Er teilte das Zimmer mit Hauptmeister Uwe Etzler, und der knobelte eben aus, ob er zuerst die Zeugen der Messerstecherei von Mittwochabend vernehmen oder vielleicht doch besser dem Hinweis auf einen Rauschgift-Dealer nachgehen sollte, der...

Graff schmiß den Hörer auf die Gabel. »Scheißspiel«, murrte er. »Die haben den Wagen von Strehlitz, da müssen wir hin.«

»Wir?« maulte Etzler. Er war Mitte Dreißig, nicht verheiratet und einer, der mit schöner Regelmäßigkeit Sprüche klopfte, sozusagen eine Betriebsnudel. »Ich habe mindestens drei brandeilige Fälle.«

»Ich etwa nicht? Ich wette, dieser Mord an Strehlitz bringt uns alle zum Rotieren.«

»Die Wette hast du gewonnen«, sagte Etzler, griff zum zerknautschten Parka und zum Telefon und fragte nach einem Dienstwagen. Natürlich war keiner da, so fuhren sie mit seiner sechs Jahre alten Kiste, die seit ebenfalls sechs Jahren keine Wäsche erlebt hatte. Er fuhr ohne Hast, das Rasen hatte er sich schon vor vielen Jahren abgewöhnt. Überhaupt konnte man ihn einen Phlegmatiker nennen mit einer Bierruhe und ohne die Peitsche des Ehrgeizes, von der zum Beispiel Graff sich immer noch antreiben ließ.

Das dreistöckige Apartmenthaus zeigte der Straße eine kalte, nüchterne Fassade. Deutscher Einheitsstil; die Landschaft war, worüber Graff sich ständig aufregte, mit solchen phantasielosen Produkten phantasieloser Architekten vollgepflastert. Schräg gegenüber, allerdings gute fünfzig Schritt entfernt, gab es die Kolibri-Bar, in der es wie jeder vom K. wußte, Nacht für Nacht schaurig rund ging, nämlich mit Striptease, sündhaft teurem Schaumwein und auch sonst horrenden Preisen. Ringelpiez mit Anfassen nannte Uwe Etzler das.

»Denkst du, was ich auch denke?« fragte er, als er den Zündschlüssel umdrehte.

Graff war mit seinen Gedanken noch beim Sittenstrolch, der nicht weniger als ein halbes Dutzend Mädchen zwischen zwölf und vierzehn verführt hatte, das Schwein. »Und was denkst du?«

»Der Groschen fällt bei dir in Pfennigen, was? Mann, dies ist doch der Schuppen, in dem sich neuerdings Fotomodelle produzieren. Massieren lassen kannste dich auch. So mancher Bums zur rechten Zeit, bringt Umsatz und Zufriedenheit.«

»Tatsache!« sagte Graff und stieg aus. Weiter dachten beide noch nicht, weil sie über den Stand der Ermittlungen nicht im Bilde waren.

Bemerkenswert an dem Mercedes war zunächst nur, daß er nicht abgeschlossen war und daß der Zündschlüssel steckte. Geradezu ein Wunder, daß er über Nacht keinen Interessenten gefunden hatte. Im übrigen lag keine Leiche im Fond, auch nicht im Kofferraum. Und wer auch immer den Wagen in eisheiliger Frostnacht hierher kutschiert und abgestellt hatte, er war nicht so freundlich gewesen, seine Visitenkarte zu hinterlassen. Es wunderte die Kriminaler auch nicht, daß sich am Steuer keinerlei Fingerabdrücke fanden. Solchen Kummer waren sie inzwischen gewohnt.

Etzler rief Stach von der benachbarten Telefonzelle aus an. »Was machen wir denn nun mit dem Schlitten, Chef? Zurück in die Garage oder...«

»Nee, zur KTU«, bestimmte der Hauptkommissar. »Wo habt ihr ihn sichergestellt?«

»Vor dem Nuttensilo. Dort, wo die Damen mehr oder weniger ambulant...«

»Schande!« rief Stach. »Das ändert alles! Sorge dafür, Uwe, daß er abgeschleppt wird, ich bin hier gleich soweit. Fang inzwischen schon an, die uns bekannten Damen zu interviewen, wo sie die Nacht verbracht haben.«

»Wie sehe ich denn dieses? Hat eine von denen die manikürten Fingerchen in der Chose?«

»Kann sein. Es dreht sich um die Zeit von, sagen wir, zehn Uhr abends bis zwei Uhr früh. Bis gleich.«

Wie Eingeweihte wissen, ist es seit Jahr und Tag schon nicht mehr das Privileg der Reeperbahn, der Düsseldorfer Altstadt oder des Frankfurter Bahnhofsviertels, mit mehr oder minder nacktem Mädchenfleisch Geschäfte zu machen. Lukrative Geschäfte. Die mobile Gesellschaft kommt überall hin, folglich stellt sich das ambulante Gewerbe darauf ein und sahnt ab, wo abzusahnen ist. Auch in der Provinz.

Die Kleinstadt Dolve trug das mit Fassung. Nur wenige protestierten und wollten dem ältesten Gewerbe der Welt seine Daseinsberechtigung absprechen, die meisten verschlossen die Augen nicht vor den Realitäten des Lebens. Kanalisierter und leicht zu kontrollierender Sex in dieser merkantilen Form war den Kriminalisten jedenfalls lieber als heimliche Laster, womöglich mit Heroinspritzen im Gefolge.

Das Apartmenthaus in der Kastanienallee beherbergte fünf registrierte Damen und darüber hinaus drei, die ihre sehenswerten anatomischen Vorzüge nächtens in der Kolibri-Bar zur Schau stellten. Im übrigen wohnten mehrere junge Ehepaare in dem Haus, die sich um das Kommen und Gehen nicht kümmerten.

Als erste öffnete nach langem Klingeln eine Alice Müller, mit dem Kopf voller Lockenwickler, einem empört hochgereckten Stupsnäschen und einem in Seide verpackten Atombusen. »Menschenskinder«, rief sie wütend, »seid ihr von einem Abbruchunternehmen?«

»Nee«, grinste Etzler, »von der Firma Kummer und Elend.«

Der selten lachende Peter Graff zeigte die Blechmarke. »Kripo. Dürfen wir eintreten?«

Alice gab den Eingang frei. »Wenn ich nein sage, tretet ihr mir die Tür ein. Bloß gut, daß ihr nicht abends kommt. Das wäre nämlich Geschäftsschädigung.«

Sie wanderte voraus in ein nicht aufgeräumtes Boudoir mit der schwülen Atmosphäre eines byzantinischen Harems. Ein Papagei hüpfte in seinem Käfig herum und krächzte: »Komm, gib Pfötchen, komm, gib Pfötchen.«

»Halt die Klappe, Lora«, sagte Alice und legte eine Platte auf. *Spanish Eyes.*

»Waren Sie letzte Nacht außer Dienst?« fragte Graff, während Etzler über den Buchara-Teppich spazierte und – da er auch nur ein Mann war – nach Alices Busen schielte, denn die Seide darüber klaffte entscheidende Zentimeter auseinander.

Alice sank in einen Sessel, bohrte ungeniert mit dem Finger in der Nase und dachte nach. »Also, wenn ihr mich so fragt – nee. Ich hatte zu tun.«

»Von wann bis wann?«

»Oh, das fing an, wartet mal – ja, um neun. Das richtige Stoßgeschäft ist ja am Wochenende, aber gestern ... also, ich kann nicht klagen.«

»Wer war um zehn Uhr da?«

»He, wollt ihr vielleicht meine Kundenliste? Das ist ja wohl das Hinterletzte!«

»Aber Sie hatten doch Besuch?« warf Etzler ein.

»Um zehn? Sicher. Um elf auch. Und dann wieder um halb eins. Es läppert sich so zusammen.«

Etzler schob das Schubfach der Vitrine auf. Es quoll über von tausend Nichtigkeiten, nicht mal eine Stecknadel hätte noch reingepaßt. Dann das nächste Schubfach, das gleiche Chaos. Und alles duftete durchdringend nach einem Parfüm wie... ja, wie blühender Jasmin. Er gab's auf, trat an den Plattenspieler und entdeckte ein Notizbuch, das er gedankenlos aufblätterte.

Alice ging wie eine Furie auf ihn los und schrie: »Her mit dem Buch, Scheißbulle!«

»Aber, aber«, tadelte Etzler. »Wer wird denn gleich aus der Haut fahren!«

Alices Aufregung legte sich tatsächlich gleich wieder. Resignierend ließ sie sich wieder in den Sessel fallen, um sich eine Zigarette anzustecken und mit langem Arm eine Flasche und ein Glas aus der Bar zu angeln. »Auf den Schreck muß ich mir einen genehmigen. Ihr auch einen?«

Sie lehnten dankend ab. Graff fragte: »Strehlitz. Sagt Ihnen der Name was?«

Alice kippte den Whisky – drei Daumen hoch – wie Wasser, inhalierte tief den Rauch der Zigarette, stieß ihn durch geblähte Nasenlöcher aus und schüttelte die roten

Locken mitsamt den Wicklern. »Keine Ahnung. Seid ihr hinter dem her? Hat wohl was mit Terroristen zu tun, was? Mensch, Leute, Anarchos verkehren nicht bei mir.«

Etzler konnte den Notizen im Buch nichts entnehmen, was von Belang gewesen wäre. Einige Namen waren nicht uninteressant, aber darum ging's ja jetzt nicht.

Sie wanderten zum nächsten Apartment. Die Visitenkarte neben der Klingel lautete auf SUSI KERNER, aber solange sie auch läuteten, es rührte sich nichts hinter der Tür. Nach einer Weile öffnete sich die nächste, und eine rostige Altstimme sagte: »Himmel und kein Ende, seid ihr besoffen, oder warum bimmelt ihr wie nicht gesund?«

Diese Lady war im Gegensatz zu Alice gertenschlank und fast so mager wie ein Mannequin. Sie trug einen Rock aus Antilopenleder, ebensolche Stiefel und ein an beiden Seiten geschlitztes Hemd, ebenfalls aus Leder. In der Hand schwang sie eine Reitgerte. Ihr Name war Nelly Schmidt, und natürlich war auch sie während des größten Teils der Nacht in ihrem Bett gewesen, wenn auch nicht allein. Von Susi Kerner wußte sie angeblich nichts, sie wohnte erst seit kurzem nebenan und sei in der Nacht zuvor bestimmt nicht allein gewesen.

Als Hauptkommissar Stach wenig später kam, hatten sie die fünf registrierten Bordsteinschwalben durch, aber nichts erfahren. Bei den drei Stripteasen ging es noch schneller, denn sie konnten sich gegenseitig bezeugen – und das wurde von ihrem Chef noch erhärtet –, daß sie von zweiundzwanzig bis vier Uhr früh unentwegt mit ihren diversen Darbietungen beschäftigt gewesen waren und die Bar nicht verlassen hatten.

Der Chef, Siegfried Rotermund, von seinen Freunden Sigi gerufen, war alles andere als ein Siegfried. Er sprach leichten Wiener Dialekt, hatte einen Teint wie ein Marokkaner und den unsteten, stechenden Blick eines Massenmörders, aber auf solche Äußerlichkeiten gab Stach wenig. Natürlich kleidete Rotermund sich nach neuestem Schick, mit modischer zweireihiger Weste und goldener Uhrkette, mit dickem Siegelring und einer mordsmäßigen Fliege, bei deren Anblick Etzler fast einen Lachkrampf gekriegt hätte. Das lag aber nur daran, daß er das genaue Gegenteil eines Modegecks war und sonntags wie alltags mit dem gleichen Pullover und mit der gleichen zerknitterten Cordhose auf Achse ging.

Natürlich hatte auch Rotermund den Namen Strehlitz nie zuvor gehört, und schon gar nicht hatte dieser Dr. Joseph Strehlitz jemals sein Etablissement mit seinem Besuch beehrt. Das immerhin war glaubwürdig. Im übrigen hatten sie alles in allem mit Zitronen gehandelt und waren nicht einen Millimeter weiter als bei der ersten Begegnung mit der Leiche.

4

Vor drei Jahren hatten die Hilperts den Bungalow auf dem Krähenberg hoch über der Stadt gekauft. Die Hypotheken beliefen sich auf happige zweihundertfünfzigtausend Mark, aber die meisten ihrer Nachbarn lebten ebenfalls nach dem Motto: Mehr scheinen als sein.

Rainer Hilpert, diplomierter Volkswirt und auf dem Sprung in die Chefetage der Strehlitz-Werke, lief in diesen Tagen herum wie ein aufgescheuchtes Huhn. Er war keiner von den Dummen im Lande, hielt sich selbst allerdings für so clever, daß keiner ihm das Wasser reichen konnte, und das wiederum war dumm. Strehlitz war ihm drauf gekommen, daß er von einigen Zulieferern erhebliche Summen eingesteckt hatte, unter dem Tisch natürlich und unter dem Siegel strengster Vertraulichkeit, aber ebenso natürlich zum Nachteil des Werkes. Anfang der Woche hatte Strehlitz ihm die Beweise schwarz auf weiß vorgelegt und zwei Bedingungen gestellt: erstens die Summe von DM 50000 binnen dreier Monate hinzublättern, zweitens Barbara, seine Frau.

Und jetzt war Strehlitz tot, und er, Rainer Hilpert, wußte noch immer nicht, ob Barbara oder ob sie nicht, denn aus ihr war nichts herauszubringen.

Babs saß im Schaukelstuhl auf der Terrasse und las ein hochgeistiges Werk über die emanzipierte Frau, als er abgeschlafft und nervös nach Haus kam. Er war achtunddreißig Jahre alt. Mit seiner hohen Stirn und der vergoldeten Brille sah er sehr bedeutend aus. Er legte Wert darauf, auf der einen Seite älter zu wirken, auf der anderen aber so alert und dynamisch wie ein Twen aufzutreten und somit dem Idealbild des deutschen Managers zu entsprechen. Wie Barbara längst durchschaut hatte, war er stets mit seiner Selbstdarstellung beschäftigt.

Er warf die neueste Zeitung auf den Beistelltisch. »Schon gelesen, daß sich nichts tut?«

Babs gähnte, klappte das Buch zu und schaute zu ihm auf. Jetzt hielt er sich nicht so straff wie vor Publikum, seine Schultern sanken nach vorn, und der Bauchansatz quoll über den Leibgurt.

»Was ist daran so interessant?« warf sie gleichgültig hin. »Ich gehe davon aus, daß du ihn nicht umgebracht hast. Alles andere interessiert mich nicht.«

Er sank in den Korbsessel, der ihr schräg gegenüber stand. »Gestern abend«, begann er, »wolltest du dich doch mit ihm treffen!«

»Ich?« Sie lachte leise, es klang melodisch wie ein sanfter Tastenanschlag auf ihrem Flügel. »Du hattest mit ihm eine Vereinbarung getroffen. Ich habe dir gesagt, daß ich, um deine Haut zu retten, möglicherweise auf den... hm... schmutzigen Handel eingehen würde. Möglicherweise! Zum Glück hatte ich es nicht nötig.«

»Aber ich begreife das nicht! Er war in seinem Haus, du

bist gestern abend weggefahren und erst gegen Morgen zurückgekommen. Wo warst du?«

»Wir haben in einem exklusiven Restaurant gespeist. Strehlitz ist ... war ein Gourmet. Wußtest du das?«

»Ja ja, natürlich.« Er wurde schnell ungeduldig. »Und weiter?«

Ihr Lächeln verstärkte sich, sie schloß die ins Grünliche changierenden Augen zu schmalen Schlitzen – wie eine Katze, mußte er denken. Immer hat sie mit mir gespielt wie die Katze mit der Maus. Was weiß ich eigentlich über sie, über ihr Denken und Fühlen? Nichts. Fünf Jahre sind wir verheiratet, und ich weiß über die Frau in meinem Bett nur, daß sie wandelbar ist wie ein Chamäleon.

»Was schon weiter?« warf sie hin. »Ich konnte ihn davon überzeugen, daß er von einer Frau, die gerade ihre Menses hat, wirklich kein Vergnügen erwarten kann.«

Er fuhr halb aus dem Rohrgeflecht auf. »Du hast ... das ist ja zum Wiehern!«

Er lachte, brach aber jäh ab und fixierte sie scharf. »Ja aber ... aber dann liegen die belastenden Unterlagen ja immer noch in seinem Schreibtisch!«

Barbara hob die Schultern. »Das wird wohl so sein. Ich hatte die Übereinkunft mit ihm getroffen, nächsten Mittwoch zu seiner Verfügung zu stehen. Nennt man das so? Oder muß ich sagen, mich am nächsten Mittwoch zu prostituieren?«

»Hör auf, verdammt!« knurrte er. »Ich habe kein Auge zugemacht, und als du morgens nach Hause kamst und nicht einen Ton ...«

»Aber Rainer! Es war immerhin eine völlig neue Erfahrung für mich, in meinem Mann einen Zuhälter sehen zu müssen. Nun, das hat sich ja wohl erledigt, oder willst du mich jetzt an den Direktor weiterreichen, vielleicht auch an die einzelnen Abteilungsleiter?«

Hilpert sprang auf, stürmte ins Haus, riß das Jackett vom

Garderobenhaken. Barbara hörte ihn gleich darauf mit seinem Citroën davonfahren. Sie griff wieder zum Buch, las aber nicht. War Rainers Verhalten nicht von Schuld geprägt? War er noch der, den sie mal angehimmelt hatte – nicht zuletzt wegen seiner Energie? Wenn er Strehlitz und sie beobachtet und verfolgt hatte, wenn er in einem Anfall von Eifersucht in das Haus eingedrungen war und ...

Ihr Mann ein Mörder? Der Gedanke ließ sie frösteln.

Für die Beamten des 1. K. war es frustrierend, auch am zweiten Tag nach dem Mord keinen Schritt vorangekommen zu sein; in der Tat hatten sie nichts in der Hand als die dürren Spuren, die am Tatort gesichert worden waren. Der Fundort des Mercedes 500 gab natürlich zu Spekulationen Anlaß, aber daraus ließ sich kein Beweis ableiten.

Sie hatten sich Haarproben von allen Gunstgewerblerinnen geben und diese untersuchen lassen; Erfolg negativ. Die Alibis von Alice und Nelly und wie die Damen sonst noch hießen, konnte man in Zweifel ziehen, doch vor dem Gesetz waren nun mal alle Bürger gleichgestellt, auch wenn die Art ihrer Geschäfte landläufiger Moral widersprach. Und nach dem Gesetzestext verhielt es sich nun mal so, daß einem Verdächtigen Schuld nachzuweisen war, nicht aber, daß dieser seine Unschuld beweisen mußte.

Kommissar Graff biß sich trotz aller Fehlschläge an der Theorie fest, daß irgendeine Person aus dem Nuttensilo den Mercedes des Toten dorthin befördert haben müsse; jede andere Überlegung sei unlogisch. Der skeptischere Hauptkommissar Stach meinte, daß er grundsätzlich nichts von unbeweisbaren Theorien halte.

Etzler konterte: »Weder gestern noch heute ist die Lady aus dem Apartment siebzehn aufgetaucht, diese Susi Kerner. Sie wohnt erst seit ein paar Wochen dort, und wir wissen über sie überhaupt nichts.«

Stach pulte mal wieder an seinem Ohrläppchen. »Eben! Wir wissen noch nicht mal, ob sie eine Ambulante ist!«

Triumphierend hielt Graff seinem Chef den Inseratenteil der Tageszeitung vor die Nase. Darin hatte er rot eingekastelt: »Fotomodell, 22, blond, attraktiv, 95 – 58 – 95, täglich ab 14 Uhr. Telefon 51728.«

Stach schüttelte nachdenklich den Kopf. »Sie wohnt erst ein paar Wochen dort und hat schon ein Telefon?«

»Übernommen vom Vormieter, einem Barmixer bei Rotermund. Warum ist sie nicht da, wenn sie ihre Dienste per Annonce anbietet?«

»Frag mich was Leichteres, Peter.«

Stach war nicht in Form an diesem Tag, den er sich ganz anders vorgestellt hatte. Seine Frau beging nämlich den fünfunddreißigsten Geburtstag, und er hatte sich in zu kühnem Optimismus vorgenommen, ab Mittag ein paar seiner zweihundert Überstunden abzufeiern. Ein Mai-Ausflug hatte es werden sollen, mit einem Schlemmermahl irgendwo draußen, mit Spaziergang und Kaffee und Kuchen; und abends dann eine zünftige Party. Wenn es ganz dick kam, würde sogar diese noch ins Wasser fallen.

Um sechzehn Uhr mußte er noch mal raus zur Villa Strehlitz. Die Dame des Hauses wünschte ihn zu sprechen. Sie war am Abend zuvor zurückgekehrt und von Staatsanwalt Harkort über die näheren Umstände des Verbrechens informiert worden.

Während der Fahrt durch das Maiengrün mußte Stach an die Obduktion denken, der er vormittags beigewohnt hatte. Professor Piehl hatte bezüglich der Todesart eine neue Erkenntnis beisteuern können: vier Schläge von hinten mit einem harten Gegenstand, der möglicherweise ein Bleistock oder aber eine Eisenstange war. Trümmerbrüche, die binnen kürzester Zeit den Tod herbeigeführt hatten. Daneben war nur noch der Mageninhalt von Bedeutung, zumal sich durch ihn die Todesstunde näher eingrenzen ließ – vorausgesetzt, man kriegte heraus, wann Strehlitz die Weinbergschnecken und das Filetsteak mit Spargelspitzen und Pilzen zu sich genommen hatte.

Charlotte Strehlitz, ganz in Schwarz und fast ohne Schmuck, wenn man von dem breiten goldenen Armreif absah und dem funkelnden Brillanten am Ringfinger der linken Hand, war eine nicht gerade attraktive, sondern eher unauffällige Erscheinung anfang Vierzig. Sie zeigte sich unglaublich beherrscht, fast war Stach versucht, sie für gefühlsarm und unnahbar zu halten. Sie saß in einem Schaukelstuhl auf der Terrasse, reichte ihm eine zierliche Hand ohne jeden Druck und bot ihm den Platz an ihrer Seite an. Sie kam ohne Umschweife zur Sache.

»Diebe waren es also. Einbrecher.« Ihre Stimme hatte ein erstaunliches Timbre. »Ich habe dieses Haus, diese schreckliche Einöde rundherum nie gemocht. Insofern waren wir gegensätzliche Charaktere. Mein Mann liebte die Stille, er zog sich gern zurück, und am liebsten ging er hier zur Jagd. Ich hingegen bin eine Großstadtpflanze, brauche Geselligkeit, Theater, Kultur. Nun ist er an der Einsamkeit gestorben. Haben Sie die Pistole meines Mannes eigentlich beschlagnahmt?«

Stach, der ihr unregelmäßig geschnittenes Gesicht mit der viel zu großen Sonnenbrille aufmerksam studierte, zog überrascht die Augenbrauen hoch. »Eine Pistole? Wir haben keine vorgefunden, gnädige Frau.«

»Ach. Sie lag immer in seinem Nachtschrank. Merkwürdig. Er wurde am Fuß der Treppe... dort haben Sie ihn gefunden, nicht wahr?«

»Ja. Wir nehmen an, daß er die Einbrecher überrascht hat, und wunderten uns schon, daß er ihnen ohne Waffe...«

»Ausgeschlossen! Sehen Sie, mein Mann war ein leidenschaftlicher Jäger. Nicht nur deshalb hatte er eine besondere

Vorliebe für Waffen …«

Stach nickte. »Ich habe die Jagdgewehre gesehen.«

»Für mich steht es außer Frage, daß er – falls er den Einbrecher bemerkt haben sollte – nur mit der Pistole in der Hand hinuntergegangen sein kann. Er war ein ausgezeichneter Schütze, auch mit der Pistole.«

Blitzschnell rollte vor Stachs geistigem Auge das nächtliche Geschehen ab, das durch den Hinweis der Frau ein wesentlich plausibleres Gesicht bekam: Strehlitz hört verdächtige Geräusche, greift zur Waffe, geht die Treppe hinunter, sieht einen Einbrecher, der vielleicht gerade ein Bild von der Wand nimmt, ahnt aber nicht, daß ein zweiter Täter neben der Treppe verborgen ist … ja, so konnte es sich abgespielt haben.

»Können Sie uns etwas über das Fabrikat der Waffe sagen, gnädige Frau? Vermutlich haben die Täter sie mitgenommen.«

»Er hatte sie von einem Kriegsteilnehmer gekauft. Ein großes Monstrum, aber die Bezeichnung …«

»Eine Null-acht?«

»Ja, ich glaube, das trifft es. Ich habe nie für möglich gehalten, daß mein Mann einer solchen Situation nicht gewachsen gewesen wäre. Haben Sie mir sonst etwas über den Stand der Ermittlungen zu sagen?«

Stach hob bedauernd die Schultern. »Wir gehen davon aus, daß es sich um reisende Täter handelt, womöglich sogar um eine organisierte Bande, die spezialisiert ist auf den Raub wertvoller Kunstgegenstände.« Er zögerte einen Augenblick. »Da wäre noch eine unangenehme Frage, die ich ungern ausspreche. Wir kommen nicht daran vorbei, alle Möglichkeiten zu erwägen und durchzuspielen.«

»Und?«

»Nach unseren Informationen befand sich Ihr Gatte in Brüssel und wollte von dort aus zu Ihnen an den Comer See kommen.«

»Ja.«

»War Ihnen bekannt, daß er vorher noch in die Villa...«

»Nein.« Das klang härter als vorher. »Ich glaube, ich weiß, wohin Ihre Frage zielt. Haben Sie Anhaltspunkte dafür, daß er nicht allein im Schlafzimmer war?«

Die Direktheit der Gegenfrage verblüffte Stach. Er sah keine Veranlassung, Blindekuh zu spielen. »Wir können es nur vermuten, nicht beweisen. Sie halten es für möglich?«

Charlotte Strehlitz lachte spöttisch. »Mein lieber Herr Stach, Sie können davon ausgehen, daß ich eine aufgeklärte Frau bin, die aus einem Seitensprung kein Drama oder einen Hintertreppenroman macht. Hin und wieder verspürte Strehlitz den Drang, an fremden Früchten zu naschen. Vielleicht brauchte er das als Bestätigung seiner Potenz. Ist Ihre Frage zufriedenstellend beantwortet?«

»Danke, ja. Einen Namen können Sie nicht nennen?«

In ihren Augen glitzerte etwas, das er nicht deuten konnte. Vielleicht doch Abscheu? Oder gar Haß?

»Ich habe keine Leporelloliste geführt!« sagte sie glatt.

»Pardon. Die letzte Mahlzeit Ihres Gatten bestand unter anderem aus Weinbergschnecken, einem Filet mit Spargelspitzen und Pilzen, Artischocken waren wohl auch dabei. Wäre es denkbar, daß er mit einer Dame...«

»Es wäre das übliche Verfahren gewesen.« Das klang spöttisch. »Erkundigen Sie sich mal in der Hubertusklause, zwanzig Kilometer von hier.«

»Ich kenne das Lokal. Danke, gnädige Frau.«

Sie begleitete ihn zu seinem Wagen und erwähnte beiläufig, daß sie die Nacht nicht in diesem schrecklichen Haus verbringen, sondern sofort in ihre Stadtwohnung fahren würde. »Der Safe!« fiel ihr plötzlich ein, als er schon hinter dem Steuer saß. »Woher wußten die Täter, wo mein Mann den Schlüssel aufbewahrte? Er wurde doch nicht aufgebrochen!«

Das hatte Stach sich auch schon gefragt. Jetzt glaubte er die Antwort zu wissen. Und weil der Tag ohnehin verkorkst war, setzte er Kurs auf die Hubertusklause, ein exklusives Ausflugslokal mitten im Wald.

Er zog beides, einen Treffer und eine Niete. Ja, erklärte der Gastronom, ein Mann von mindestens zweieinhalb Zentnern Lebendgewicht, Herr Dr. Strehlitz, sei an jenem Abend bei ihm gewesen.

Nein, nicht allein, sondern mit einer blonden Dame. Leider hätte er sie nie vorher gesehen.

5

Die Geburtstagsfete begann um acht Uhr abends. Renate Stach hatte unter Mithilfe ihrer Freundin Elfie ein enormes kaltes Büfett aufgebaut, das die Haushaltskasse ziemlich strapazierte, aber Feste waren nun mal dazu da, gefeiert zu werden. Im Augenblick hatte Renate alle Hände voll zu tun, ihre beiden Rangen – Heike und Bernd – unter die Dusche und anschließend in die Falle zu bugsieren. Kurt Stach schleppte Wein aus dem Keller herauf, zapfte das Bierfaß an und sah vorsorglich im Kühlschrank nach, ob die harten Sachen die richtige Temperatur hatten.

Er schaute gerade auf dem Balkon nach den ersten Gästen aus und setzte die Pfeife in Gang, zu der er tagsüber selten kam, als unten mit röhrender Vierklanghupe Ralph Thorn vorfuhr. Er winkte aus dem offenen Coupé herauf, ehe er ausstieg und aus dem Fond einen riesigen Blumenstrauß angelte. Es sah nach zwei Dutzend roter Rosen aus. Offenbar war bei ihm der Wohlstand ausgebrochen.

Stach zog paffend an der Pfeife, bis der Krüll richtig brannte. Dem weiblichen Wesen in dem Coupé, einem Blondschopf mit buntem Kopftuch, gönnte er einen intensiven Blick, und der galt mehr den schlanken Beinen als dem Gesicht. Geschmack hat der Bursche. Er trat ins Zimmer zurück und ging zur Tür, um sie zu öffnen.

»Hallo, Onkelchen!« rief Ralph, weil er genau wußte, daß Stach diesen Titel absolut nicht ausstehen konnte. »Eher war es mir nicht möglich, meiner hochverehrten Frau Tante dieses Angebinde ans wohlgeformte Herz zu legen.«

»Mann«, schnaufte Stach, »wann gewöhnst du dir diese geschraubten Redeweisen mal ab.«

Er konnte den abgebrochenen Studenten nicht ausstehen, ohne definieren zu können, aus welchem Grund. Sicher lag es nicht daran, daß Ralph ein leichtsinniges Huhn war, der schon einige Bolzen gedreht hatte und deshalb von seinem gestrengen Vater an die frische Luft befördert worden war. Leichtsinnige Brüder sind meist sehr sympathische Zeitgenossen. Aber Stach haßte Unzuverlässigkeit, und Ralph gehörte zu denen, die alles versprachen und es schon vergessen hatten, ehe sie einem den Rücken drehten.

Renate kam aus dem Bad, in dem Heike und Bernd eine Wasserschlacht veranstalteten. »Oh, wie schön!« freute sie sich. »Du sollst dich doch nicht so in Unkosten stürzen, Ralph. Bestimmt hast du irgendwo Kredit aufgenommen...«

»Mitnichten, Tantchen!« Er gab Renate einen Kuß auf die linke und einen auf die rechte Wange, dann mitten auf die Lippen. »Menschenskind, du wirst jeden Tag jünger. Fünfunddreißig sollst du heute werden? Das bestreite ich entschieden. Wärst du nicht bei diesem beamteten Verbrecherkiller in festen Händen, ich würde glatt um dich freien.«

»Du Hallodri! Ach Kurt, würdest du bitte nach deinen Sprößlingen sehen? Sie reißen das Bad ab.«

»Ich vernehme es.« Stach zog paffend ab, um Frieden zu stiften, wenn nötig mit der ganzen väterlichen Autorität. Heike, obwohl zwei Jahre jünger, setzte ihrem bedächtigen

Bruder stets und ständig mit ihrem unerhörten Temperament zu.

»Du bleibst doch, Ralph?« fragte Renate, als Peter Graff mit seiner Frau Inge und einem eingewickelten Präsent sowie einer Orchidee ankam.

»Leider nicht«, rief Ralph, »tut mir wirklich schrecklich leid. Ich habe nämlich ein Mädchen im Wagen und eine dringende... also entschuldige bitte, Renate, aber vielleicht schau' ich nachher noch auf einen Sprung rein. Okay?« Weg war er.

Im stillen atmete Renate auf, denn mit Ralph gab es immer schauderhafte Diskussionen; er hatte das seltene Talent, Kurt mit seinem redlichen Sinn für Recht und Ordnung auf sämtliche Palmen zu bringen. Eine Minute später hatte sie ihren Neffen vergessen. Im Bad hatte inzwischen das Indianergeheul aufgehört.

»Himmel!« rief Renate, als es wieder an der Tür läutete. »Ich bin noch nicht mal umgezogen. Bitte, Peter, mach du den Empfangschef, ja? Ich sehe ja aus wie 'ne Vogelscheuche!«

»Uff«, sagte Ralph Thorn und fuhr mit durchdrehenden Pneus an. Langsamfahren hatte er nicht gelernt. »Nichts ist anstrengender als Verwandtschaft, glaub mir das. Gegen Renate habe ich ja nichts, aber Kurt Stach mit seinem Röntgenblick... na ja, er ist eben ein Bulle.«

Susi Kerner schaute starr geradeaus. »Ist das der Hauptkommissar, von dem du erzählt hast?«

»Genau. Also ein Oberbulle, wenn du so willst. Treu deutsch, weißt du, ehrlich bis ins Rückenmark. Von der Wiege bis zum Grab, geh keinen Schritt vom Wege ab.«

»Und das gefällt dir nicht?«

»Jedenfalls nicht in so massierter Form. Aber sag mal, Kind, was ist eigentlich mit dir? Du redest, seit wir uns wiedergesehen haben, höchstens in Kreuzworträtseln oder gar nicht. Wo drückt der Pferdefuß?«

Sie schwieg, während er viel zu schnell durch die Kleinstadt raste und dann mit Vollbremsung vor einer roten Ampel hielt. »Ich habe Angst, Ralph!«

Das klang so bedrückt und deshalb so überzeugend, daß er überrascht zu ihr hinschaute. »Was denn, was denn! Doch nicht vor dem alten Knacker, dem du weggelaufen bist?«

»Ich... weiß es nicht. Das ist alles so merkwürdig. Ich glaube, ich bin da in etwas hineingeraten.«

»Das klingt ja richtig dramatisch. – Wo geht's längs?«

Sie wies ihn ein, er bog in eine Seitenstraße ab und stoppte wenig später vor dem Apartmenthaus in der Kastanienallee. Schräg gegenüber, vor der Kolibri-Bar, stand der Besitzer Rotermund neben einem schwarzen Mercedes und sprach mit dem Fahrer.

»Mein Gott«, murmelte Susi Kerner, »das ist er!«

»Wer?«

»Sträter. Der Mann, mit dem ich über ein Jahr...«

Ralph Thorn schnitt eine Grimasse. »Ach so. Gar nicht ignorieren, Mädchen. Seh ich vielleicht so aus, als wäre ich eifersüchtig auf den Knilch?«

Sie stiegen aus. Susi nahm einen kleinen Koffer aus dem Fond, Rotermund schaute kurz herüber und ging in seine Bar, während der Mercedes heranrollte.

»Na, komm schon!« sagte Ralph ungeduldig, aber Susi blieb stehen und wartete, bis der Wagen neben ihr am Bordstein hielt. Der Mann hinter dem Steuer trug einen silbergrauen Backenbart und eine dunkel getönte Brille unter hoher Stirn. Er wirkte sehr dekorativ und distinguiert. Ohne Ralph zu beachten, kurbelte er die Scheibe herunter und nickte Susi zu.

»Guten Abend. Ich bin froh, dich zu treffen, Susi. Meinst du nicht, daß es an der Zeit wäre, unsere Mißverständnisse auszuräumen?«

Susis Haltung versteifte sich. Sie warf den Kopf zurück. Vielleicht stärkte Ralphs Gegenwart ihr den Rücken. »Nein, das meine ich nicht, Herwig.«

Sträter schaute sie unverwandt an. »Nun gut. Es ist deine Entscheidung. Ich bedaure sehr, daß es so gekommen ist. Mein Haus, das sollst du wissen, steht dir jederzeit offen.«

»Ich komme nicht zurück. Auf Nimmerwiedersehen.«

Sie wandte sich ab und ging, den Koffer fest in der rechten Hand, auf das Haus zu. Ostentativ hakte sie sich bei Ralph ein.

Sträter kurbelte die Scheibe hoch und fuhr an. Er warf keinen Blick zurück, als er auf das Gaspedal trat.

Susi Kerners Apartment war nur mit dem Notwendigsten ausgestattet. Miniküche, Bad, Schlaf- und Wohnraum, von dem ein Balkon nach hinten hinaus wies. Ralph öffnete die Hebetür, trat auf den Balkon, schaute über sorgfältig gemähten englischen Rasen hinüber zum Waldrand und wußte weniger als zuvor, wie er mit Susi dran war. Nebenan, im Apartment zur Linken, lärmte ein Radio mit brüllender Lautstärke, auf dem Balkon rechts erschien eine gertenschlanke Frau, von Kopf bis Fuß in Ledertracht. Das konnte Ralph allerdings nur feststellen, weil er sich vorbeugte und um die Trennwand zwischen den Balkons herumschaute.

Er kehrte ins Zimmer zurück. Susi kam aus dem Bad, es sah aus, als hätte sie geweint. Sie nahm eine Zeitung aus dem Ständer, blätterte darin und legte die Inseratenseite aufgeschlagen vor Ralph auf den Couchtisch. Ihr Finger tippte auf ein angekreuztes Inserat. »Fotomodell, 22, blond, attraktiv, 95 – 58 – 95, täglich ab 14 Uhr, Telefon 51728.«

Ralph las es und schüttelte verständnislos den Kopf. »Willst du mir die Adresse empfehlen? Hör mal, ich bin froh, daß ich dich wiedergefunden habe!«

Sie schüttelte langsam den Kopf, ihre Stimme sank zu einem Flüstern. »Es ist meine Telefonnummer, Ralph! Die

Mädchen links und rechts von mir und noch einige andere hier im Haus sind ... verdienen ihr Geld mit ...

Er sank in einen Sessel. »Da werd' ich doch nicht wieder! Das ist ein Witz!«

»Findest du? Als die ersten Anrufe kamen, habe ich mir nichts dabei gedacht. Aber immer und immer wieder wurden mir unzweideutige Angebote gemacht. Darum bin ich vorgestern ausgerissen und zu dir gekommen. Ich wollte es dir gleich sagen, aber ...«

Das Telefon klingelte. Susi streckte schon die Hand aus, zog sie aber schnell wieder zurück. Ralph nahm den Hörer und verstellte die Stimme zu einer Tonlage, die man bei gutem Willen als ein Zwischending von Sopran und Alt bezeichnen konnte. »Ja bitte?« flötete er.

Der Anrufer war offenbar bei bester Stimmung und Laune, wahrscheinlich angeheizt durch einige Alkoholika. »Hallo, Süße, wie haben wir es denn? Seit 'ner halben Stunde wähle ich mir den Finger lahm. Warst wohl schon schwer beschäftigt, was? Also, meine Kamera ist scharf geladen und nicht nur die, hahaha!«

»Ach ja, wirklich?« zwitscherte Ralph.

»Also zur Sache! Ich bin kein Freund von langen Reden, Puppe. Wo finde ich dich? Und wie sind die Konditionen?«

»Fünfhundert«, sagte Ralph mit seiner normalen Stimme. »Und eine Anzeige wegen Belästigung, Monsieur.«

Pause. Dann die wütende Stimme. »Sie sind wohl vom Affen gebissen, was? Unverschämtheit! Mann, dir werde ich die Fresse polieren, du elender ...« Ralph legte auf. Er zog Susi auf den Schoß.

»Schöner Schaden«, sagte er. »Wer kann dir das eingebrockt haben? Oder anders – wer hat vorher hier gewohnt?«

»Ein Mann, das weiß ich genau. Ich glaube, er ist Barmixer.«

»So so. Also bestimmt kein Fotomodell. Wer kann dir

diesen Streich spielen? Der alte Knabe mit dem schönen silbergrauen Bart, wie heißt er doch?«

»Herwig Sträter. Nein, nein, der bestimmt nicht. Obwohl ...«

»Na, pack aus, Susi! Ich glaube, ich bringe meinem Onkelchen Arbeit. Aber vorher bring uns was zu trinken. Auf den Schreck brauche ich einen harten Branntwein.«

Susi ging in die Küche und nahm eine Flasche Whisky aus dem Kühlschrank. Sie war noch dreiviertel voll. »Das ist alles, was ich dir bieten kann, Ralph.«

Sie stellte zwei Gläser auf den Tisch, und Ralph füllte sie drei Daumen hoch. »Auf das, was wir lieben, Susi. Keine Angst, das Kind schaukeln wir. Wetten?«

Uwe Etzler war KvD. Da die Stunden vor Mitternacht erfahrungsgemäß ruhig blieben – obwohl es freitags schon mal Ausnahmen von dieser Regel gab –, machte er es sich neben dem Telefon gemütlich, stellte im Radio ein Hörspiel ein und nickte dabei ein.

Als das Telefon läutete, ging sein erster Blick zur Uhr: zweiundzwanzig Uhr achtzehn. Mittlerweile war das Hörspiel beendet, Popmusik tönte aus dem Lautsprecher.

Er nahm den Hörer, stellte mit der freien Hand das Radio leiser. »KvD, Etzler.«

Der Wachhabende war dran. »Ich fürchte«, sagte er, »es ist vorbei mit deiner Ruhe. Eine Frau will mehrere Schüsse gehört haben.«

»Wann?« Etzler griff zum Kuli und machte die Eintragung ins Protokoll. »Wo?«

»Eben gerade, vor ein paar Minuten, sagt sie, Kastanienallee. Das Apartmenthaus.«

»Ach, du Schande! Wie heißt die Frau, die das gemeldet hat?«

»Nelly Schmidt.«

»Gott bewahre. Ein Fräulein fein in Lerdertracht, stellt emsig jedem Manne nach.«

»Wie war das?« fragte der Wachhabende und prustete vor Lachen. »Ein Fräulein fein ...«

»Später«, sagte Etzler. »Ich mache mich auf die Socken.«

Er trug die Uhrzeit ein, warf sich seinen Parka über und verließ das Büro.

Ein Streifenwagen stand vor dem Apartmenthaus, er war drei oder vier Minuten vor Etzler eingetroffen. Schneller ging es nicht, weil die beiden Beamten gerade einen Unfall bearbeitet hatten. Jetzt stand der eine auf dem Flur vor dem Apartment siebzehn, an dem die Visitenkarte mit dem Namen von Susi Kerner angeheftet war. Ein paar Leute redeten auf Etzler ein, doch er zuckte nur die Achseln.

Der Streifenführer sprach mit der Mieterin von Apartment achtzehn, mit Nelly Schmidt. Ausnahmsweise trug sie zu einem Lederrock eine durchsichtige Bluse.

»... drei Schüsse waren es bestimmt«, hörte Etzler sie sagen. »Ich habe gedacht, mein Schwein pfeift.«

»Wo?« fragte Etzler und nickte dem Streifenführer zu. Der deutete auf Susi Kerners Apartment.

»Und warum macht ihr die Tür nicht auf?«

»Abgeschlossen.«

»Was wohl sonst!« murrte Etzler.

»Sollen wir sie aufbrechen?«

Etzler wollte schon zustimmen, aber dann fiel ihm ein, daß das garantiert Scherereien mit dem Besitzer geben würde. Die hatten es nicht gern, wenn ihre Immobilien ruiniert wurden. »Gibt's einen anderen Weg? Durchs Fenster oder so?«

Er trat, ohne um Erlaubnis zu fragen, an der schönen Nelly vorbei, fand zielsicher den Balkon, stieg auf einen Tisch, den er an die Trennwand zum benachbarten Balkon rückte und knipste die Stablampe an. Die Hebetür zum Wohnzimmer nebenan war nur angelehnt.

»Na bitte«, sagte Etzler. Er stieß sich vom Tisch ab, stemmte beide Arme auf die Trennwand, schwang ein Bein hinüber und ließ sich auf der anderen Seite hinab.

Im Wohnzimmer brannte kein Licht. Er zog die Dienstwaffe, stieß die Tür auf, glitt über die Schwelle und dann gleich zur Seite. Er ließ sich auf beide Knie sinken und kam sich vor wie Winnetou auf dem Kriegspfad. Aber wo dreimal geschossen worden war, konnte auch noch öfter geballert werden.

Etzler knipste die Taschenlampe an, doch niemand zielte und schoß auf ihn. Hinter ihm polterte es, als der Streifenführer auch auf den Balkon sprang. »Draußen bleiben!« zischte Etzler.

Kein Mensch war im Zimmer, es sei denn, er hatte sich unter der Couch oder dem Teppich verkrochen. Mann, dachte Etzler, wenn die Tante von nebenan mich auf den Arm nimmt, kann sie Spaß erleben!

Er robbte durch den Raum, stieß die Tür zum winzigen Flur auf, ließ seine Taschenlampe kreisen – und war noch immer allein und unverwundet. Aber durch das Schlüsselloch des Schlafzimmers fiel ein dünner Lichtschein, kaum größer als ein Stecknadelkopf.

Etzler dachte an seine Theorie: Das bislang durch Abwesenheit glänzende Mädchen namens Susi Kerner, blondes Fotomodell, könnte diejenige gewesen sein, welche Dr. Joseph Strehlitz die letzte Stunde seines Daseins in trauter Zweisamkeit versüßt hatte. Wenn das so gewesen war, und jetzt wirklich hier mit scharfer Munition ...

Uwe Etzler stieß die Schlafzimmertür auf, sprang hindurch und brachte die Waffe in Anschlag. Was er sagen wollte, blieb ihm in der Kehle stecken.

Als das Telefon läutete, waren sie gerade dabei, das kalte Büfett abzuräumen. Zahnarzt Dr. Berka, ein Schulfreund

Stachs, erzählte den Witz von dem Ostfriesen, der ertrunken war, weil er sein Hausboot unterkellert hatte.

Oberstudienrat Hammer schielte bisher nur zu den aufgebauten Leckereien, denn Elfie Dudzack, alleinstehende Mutter eines zwölfjährigen hoffnungsvollen Sprößlings, verwikkelte ihn in ein erregtes Gespräch über die Unfähigkeit der Pädagogen im allgemeinen und besonderen, bei dem er mit Sicherheit zweiter Sieger bleiben würde.

Peter Graff hatte schon leichte Schlagseite, weil er erstens keinen Whisky vertragen konnte, zweitens wegen eines lächerlichen Streites mit seiner besseren Hälfte viel zu schnell getrunken und sich drittens vorgenommen hatte, ein ordentliches Faß aufzumachen – nur aus dem schlichten Grunde, sein Ehegespons jetzt erst recht auf achtzig zu bringen.

Kurt Stachs Alkoholpegel bewegte sich nach seiner Schätzung zwischen Nullkommafünf und Nullkommasieben, denn er war als einziger bei einer Sorte geblieben, beim Badener Weißherbst. Er wartete, bis das Gelächter abgeklungen war, und nahm den Hörer nach dem dritten Klingeln ab. »Stach.«

»Etzler. Tut mir leid, Kurt, daß ich störe.«

»Haben sie dich gekidnappt, Uwe?« pflaumte Stach.

»Nee, großer Meister. Wer mich bei Nacht holt, bringt mich im Morgengrauen schnellstens wieder zurück. Die Sache liegt anders – erinnerst du dich an den Namen Susi Kerner?«

»Na klar! Die blonde Dame in dem Apartment zwischen Alice und Nelly, die durch Abwesenheit glänzte. Ist sie aufgetaucht?«

»Genau. Als tote Leiche. Vier Schüsse in Kopf und Thorax.«

»Mach mich nicht schwach! Wo?«

»In ihrem Apartment. Tja, und wie es aussieht, habe ich auch Erfreuliches zu melden.«

»Nämlich?«

»Der Mörder scheint sich mit Rauschgift vollgepumpt zu haben. Er liegt neben der schönen Leiche und ist weder aktions- noch vernehmungsfähig.«

»Hm. Ich komme sofort.« Stach legte auf. Graff stand, einen Teller voll mit Schinkenröllchen, diversen Salaten und Gürkchen in der Hand, dicht neben ihm. »Was'n los, Kurt?«

Stach taxierte ihn abschätzend und kam zu der Überzeugung, daß mit der Mitwirkung dieses Strategen nicht zu rechnen war. Er lächelte dünn. »Halt hier die Stellung, Peter. Wir haben deine Susi.«

»Meine Susi? Wer soll das denn sein?«

Stach war schon auf dem Weg ins Schlafzimmer. »Denk mal drüber nach. Der Mercedes vor dem Apartmenthaus.«

Mit der Sturheit des Betrunkenen folgte Graff ihm zum Schlafzimmer und schaute von der Tür her zu, wie Stach aus dem feinen Anzug stieg und Cordhose und Rollkragenpullover anzog. »Und was willst du mit ihr?«

»Mit ihr nichts mehr. Ich möchte ihren Mörder interviewen.«

6

Uwe Etzler kannte den Arzt nicht, der zehn Minuten nach Steiner vom Erkennungsdienst und zwei Minuten vor Hauptkommissar Stach am Tatort eintraf. Steiner blitzte gerade das zwölfte Farbfoto. Er sagte nichts von seinen Gefühlen, er sagte überhaupt selten etwas, aber seine Empfindungen schwankten zwischen Abscheu, Ekel und Mitleid. Er dachte nicht darüber nach, was diese Tragödie ausgelöst haben mochte, das war nicht sein Bier. Von ihm wurden gestochen scharfe Fotos verlangt, Fotos, die von allen nur möglichen Seiten die Lage des Opfers, hier auch des Täters, genau festhielten. Fotos, die später als wesentliche Beweismittel vor dem Richter liegen würden, wenn es dem verdammten Schweinehund an den Kragen ging, der dieses junge Menschenleben ausgelöscht hatte.

Etzler stand auf dem Flur und hielt den Arzt auf, der geradewegs an den Schauplatz marschieren wollte. »Sekunde noch bitte, Herr Doktor. Gleich sind wir so weit.«

Dr. Kunze, von Etzler als einer dieser Feld-, Wald- und Wiesenärzte von uraltem Adel eingestuft, schaute zur Uhr. Von seinen Patienten war er keinen Widerspruch gewohnt, die hielten ihn mit wenigen Ausnahmen für einen Halbgott in Weiß; und die Ausnahmen verließen ihn sehr schnell und wechselten zu einem jüngeren Kollegen, der sich konziliranter im Umgang zeigte. »Hören Sie!« murrte er. »Ich habe meine Zeit nicht gestohlen. Wenn Sie mich schon rufen ...«

Etzler lächelte wie eine Primadonna vor dem Kußwechsel mit dem jugendlichen Liebhaber. »Ach ja, wenn Sie bitte Ihre Zigarre hier draußen ablegen würden? Sie könnten sonst mit der Asche Spuren verursachen, die wir später nicht einordnen können.«

Der alte Arzt – er hatte das sechste Jahrzehnt längst erreicht – verzog angewidert das Gesicht. Hinter ihm trat Stach auf den Flur, und in seinem Gefolge die Kommissarin Dagmar Rückert. Da es sich um eine Leiche weiblichen Geschlechts handelte und zudem um ein Milieu, das in den Bereich der Sitte fiel, hatte Etzler sie alarmiert.

Wer der Rückert auf der Straße begegnete, hätte sie möglicherweise für die Chefsekretärin eines Industriebosses gehalten. Sie legte Wert auf ein gepflegtes Äußeres, und selten hatte ein Kollege beispielsweise ihr Haar – mit einem Stich ins Kastanienrote – anders als in wohlondulierten Wellen gesehen. An ihrer Anatomie fand Etzler nichts auszusetzen. In den ersten Tagen ihrer Bekanntschaft hatte er sie mal angeflachst und vom schwachen Geschlecht gesprochen; mit einem perfekten Judohebel war er aufs Kreuz geflogen, seither war von Schwäche keine Rede mehr. In der Tat konnte diese vitale Person jedem beliebigen Mann ohne mit der Wimper zu zucken einen Arm brechen.

»Es ist mit Sicherheit Susi Kerner?« fragte Strach.

Etzler hielt ihm den Ausweis der jungen Frau hin, den er in ihrer Handtasche gefunden hatte. »Das Foto ist identisch, obwohl ihr Gesicht mit dem Loch in der Schläfe ein bißchen verändert ist.«

»Und der Mörder?«

Auch da konnte Etzler mit einem Ausweis dienen. »Ralph Thorn, laut Ausweis Student, wohnhaft in ...«

»Waaas?« Stach riß ihm den Ausweis aus der Hand. Das war doch nicht möglich! Ralph Thorn, sein nicht besonders geliebter Neffe – Ralph Thorn ein Mörder?

»Vier Kugeln«, sagte Dr. Kunze. »Alles Kontaktschüsse, jeder einzelne mit großer Sicherheit tödlich.«

»Und was ist mit ... mit dem Mann?« Stach scheute sich, ihn Mörder zu nennen. Er stand in der Tür zum Schlafzimmer, sah das viele Blut, sah die nackte Frau quer über dem französischen Bett liegen und den Mann, Ralph, in offenbarer Agonie davor auf dem Teppich, sah neben seiner Rechten die Tatwaffe und registrierte jede Einzelheit, die keine andere Deutung zuließ als die, daß er es getan haben mußte.

Dr. Kunze klappte seine Tasche zu und zuckte mit den Achseln. »Empfehle eine Einweisung ins Krankenhaus. Abnorm geweitete Pupillen. Deutet auf Rauschgiftmißbrauch hin. Magen auspumpen und so weiter. Brauchen Sie mich noch?«

»Haben Sie an den Pupillen des Opfers auch eine Erweiterung festgestellt?«

»In der Tat. Sagte ich das nicht?«

»Danke, Herr Dr. Kunze. Injektionsstiche?«

Danach hatte der Arzt nicht gesucht, obwohl es seines Amtes gewesen wäre. Leider wurde die Totenschau, zumal bei so offenkundiger Todesursache, oft recht oberflächlich durchgeführt.

»Ruf die Ambulanz, Uwe«, sagte Stach und trat endlich über die Schwelle. Er schaute, die Hände in den Hosentaschen, auf das starre Gesicht Ralphs, hob den schlaffen rechten Arm an, dann den halb unter dem Körper liegenden linken. Ein frischer Einstich mit einer leicht geröteten Schwellung ringsum war in der Ellbogenbeuge sichtbar. Verflucht und zugenäht! Hatte dieser leichtfertige Bursche sich nach all den Eskapaden der Vergangenheit, die man noch als Jugendstreiche einstufen konnte, jetzt mit Rauschgift eingelassen?

Aber wieso war da nur ein Einstich zu sehen? Stach kannte Fixer, deren Haut perforiert war wie ein Nadelkissen. Seltsam.

Das fand auch die Kommissarin. »Hat der den Stoff etwa heute zum erstenmal probiert? Und sich gleich eine Überdosis reingezogen?«

Stach schaute zu Steiner hinüber, der mit der Spurensicherung begann und bei all den rings verstreuten Kleinigkeiten Zahlenschilder aufstellte. Es sah so aus, als hätte Ralph seine Kleidung wahllos hingeworfen, während Susi Kerners Sachen ordentlich auf dem Schemel lagen.

Dagmar Rückert stand neben dem Schemel und schaute darauf hinab. »Das ist aber komisch! Sieh mal, Kurt, fällt dir bei ihrer Kleidung was auf?«

Er warf einen Blick hinüber und schüttelte den Kopf. »Nee.«

»Im Schrank hängt ein Kleiderbügel, aber den hat sie nicht benutzt. Ihr BH liegt über dem Slip und über beiden das Kleid. Das verstehe ich nicht.«

Stach hörte gar nicht hin. Er suchte und fand auch bei der Toten den Einstich, fast genau an der gleichen Stelle wie bei

Ralph. Und wo war die Spritze?

Etzler brachte sie aus dem Wohnzimmer. Eine einfache Rekordspritze, einen Tupfer, ein Fläschchen mit reinem Alkohol und ein anderes mit einer undefinierbaren Flüssigkeit.

»Asservieren«, sagte Stach. Da keine leeren Ampullen vorlagen, mußte es sich bei dem Zeug in dem kleinen Fläschchen um Rauschgift handeln, vermutlich eine Morphinbase.

Ohne jede Hoffnung fragte er Etzler: »Es kann sich kein anderer in der Wohnung befunden haben?«

»Kaum. Die Wohnungstür war von innen verschlossen, der Schlüssel steckte. Es handelt sich um ein BKS-Schloß, das nur jeweils von einer Seite bedient werden kann. Allerdings ...«

»Nun?«

»Die Balkontür war nur angelehnt. Ich kann mir bloß nicht vorstellen, daß jemand mit einer Leiter raufgeklettert ist.«

»Prüfe es trotzdem. Die beiden Ladies links und rechts waren in ihren Apartments?«

»Nur Nelly rechts. Alice links habe ich noch nicht gesehen. Aufs Klingeln reagiert da niemand.«

Stach nagte an der Unterlippe, ging auf den Balkon und leuchtete mit der Stablampe zum linken Apartment hinüber. Die Vorhänge waren fest zugezogen, die Hebetür geschlossen. Er hatte es nicht anders erwartet.

Als die Ambulanz kam und Ralph Thorn abholte, schaute Stach ohne jede Regung von Mitleid in das Gesicht seines Neffen. Wenn er überhaupt etwas empfand, dann dumpfen Zorn – und nicht nur, weil Ralph offenbar diese junge Frau umgebracht hatte. Nein, das saß tiefer, hatte seinen Ursprung in der Vergangenheit und ganz einfach darin, daß er mit diesem Burschen verwandt war.

Die Streifenbeamten begleiteten die Ambulanz zum Krankenhaus mit der Order an den dort behandelnden Arzt, den

Mageninhalt Ralphs sowie sein Blut einer Analyse zu unterziehen.

Während die Kommissarin, Etzler und Steiner das Apartment systematisch durchsuchten, hielt Stach sich bewußt zurück. Als erstes mußte er Staatsanwalt und Ermittlungsrichter vortragen, daß er als Verwandter des mutmaßlichen Täters wegen Befangenheit die Untersuchung nicht leiten konnte. Wenn das dann noch in der Presse ausgeschlachtet wurde...

»Hört mal bitte her!« sagte er. »Ich kann euch nicht wie gewohnt unterstützen. Der Fall scheint ja klar zu sein.«

»Wie rote Tinte«, warf Etzler ein.

»Eben. Der Mörder ist mein Neffe. Heute abend noch hat er meiner Frau zum Geburtstag rote Rosen gebracht. Susi Kerner saß neben ihm im Wagen, aber ich habe sie nicht gekannt.«

Etzler starrte seinen Chef an. »Ach du dicker Kater! Das ändert ja sozusagen alles!«

»Das ändert überhaupt nichts – für euch!« entgegnete Stach scharf. »Das Verwandtschaftsverhältnis tangiert nur mich. Ihr führt die Ermittlungen völlig unbeeinflußt, klar!«

Dagmar Rückert trat einen zögernden Schritt näher. »Ich habe dir gleich angemerkt, daß was nicht stimmte, Kurt. Schlimm. Was kannst du uns über ... über deinen Neffen sagen?«

»Nichts! Ich werde euch in keiner Weise beeinflussen.«

»Aber das ist doch Quatsch! Wie ist sein sozialer Hintergrund, ist ihm zuzutrauen, daß er...«

»Menschenskind, Dagmar, du weißt doch selbst, daß keiner das Kainszeichen auf der Stirn trägt.«

»Scheißspiel«, brummte Etzler. »Trotzdem verstehe ich nicht, weshalb du dich für befangen erklären willst, Kurt. Wer außer dir und uns weiß denn, daß er mit dir verwandt ist? Nehmen wir mal an, es wäre eine Affekthandlung unter Drogeneinfluß...«

»Für mich bleibt es Mord! Aber gut, ich werde mal nebenan ein paar Fragen stellen.«

Stach dachte an seine Frau, die im Gegensatz zu ihm ihren Neffen Ralph für ein durchaus brauchbares Mitglied der menschlichen Gesellschaft hielt; mit seinem umwerfenden Charme hatte er noch jede Frau eingewickelt. Wenn er, Stach, nun seiner Renate eröffnete, daß er nicht einen Finger für Ralph rühren würde, gab es mit Sicherheit Qualm in der Küche.

Das Ganze war einfach zum Kotzen.

Nelly Schmidt, nicht in Ledertracht, sondern in einem Kimono, saß dem Hauptkommissar gegenüber, rauchte ein Zigarillo und hielt sich am Cognacschwenker fest. Sehr gesprächig war sie nicht, ihren Charme hob sie sich wohl für die Kundschaft auf. »Alice«, sagte sie, »die mußte heute in der Bar aushelfen.«

»Bei Rotermund?«

»Wo sonst?«

»Passiert das oft?«

»Wenn Betrieb ist, schon.«

»Was können Sie mir über Susi sagen? Sie war doch eine Kollegin von Ihnen?«

Nelly nahm einen ordentlichen Schluck, sog am Zigarillo und wiegte den Kopf. »Wissen Sie, ich kümmere mich nicht viel um die anderen. Jeder sehe, wo er bleibe. Die meisten sind Neidhammel, keiner gönnt dem anderen das Schwarze unterm Fingernagel.«

»Aha. Susi wohnte noch nicht lange hier?«

»Ein paar Wochen.«

»Viel zu tun?«

»Was ich so mitgekriegt habe ... ich glaube schon. Aber wie gesagt, ich kümmere mich um meine Bohnen.«

»Wer ist ihr Zuhälter?«

Natürlich war die Dame auf diese Frage vorbereitet, hatte bestimmt längst darauf gewartet. Sie lachte tief aus der Kehle. »Keiner, auch wenn Sie's nicht glauben. Wir zahlen 'ne gepfefferte Miete, die vom Gesundheitsamt sind uns auch dauernd auf der Pelle, aber im übrigen: jeder für sich und Gott für uns alle...«

»Rotermund hält nicht seine schützende Hand über euch?«

»Aber nein. Er ist, soviel ich weiß, Mitbesitzer dieses Hauses, und darum zahlen wir auch 'ne Miete, die...«

»Wieviel?«

»Zweitausend.«

»Im Monat?«

»Was sonst?«

»Und obwohl Rotermund euch nicht dreinredet, arbeitet ihr in der Bar für ihn?«

»Sag' ich doch. In unserem Job muß man sich mit allen gut stellen. Ärger können wir nicht brauchen, wenn Sie verstehen, was ich meine.«

»Er könnte euch also Ärger machen?«

»Hab' ich das gesagt? Hab' ich nicht gesagt!«

»Er hat euch noch nie unter Druck gesetzt?«

»Nie.«

Stach klappte sein Notizbuch zu, in dem er das Wesentliche mitgeschrieben hatte. »Ein lieber Mensch, der Herr Rotermund.« Er erhob sich, wünschte eine Gute Nacht und ging.

Vor der Kolibri-Bar parkten schätzungsweise dreißig Wagen, es konnten auch fünf mehr sein. Stach verspürte nicht die geringste Neigung, die morbide Atmosphäre zu atmen, er hatte noch den Blutgeruch in der Nase und den bitteren Geschmack auf der Zunge, den jedes Gewaltverbrechen hinterließ, dies aber besonders.

Die Lichtorgel empfing ihn mit Kaskaden in rot, blau,

orange, grün und wieder rot, auf dem Spiegelglas zwischen den Tischen verrenkte sich ein üppiges Wesen beim Tanz in duftenden Schleiern, die mehr ent- als verhüllten, und das war ja auch bezweckt. Niemand beachtete Stach, als er am Rand der Tische durch das Dämmerlicht schritt und auf einen Barhocker krabbelte.

Offenbar war keine Bardame frei, denn der Mixer, in weißem Smoking, schlenderte hinter der Bar heran und fragte nach seinem Begehr. Hinten, neben dem Durchgang zu den Toiletten und wohl auch Garderoben, lehnte ein Mann von etwa einsneunzig an der Wand. Stach kannte ihn unter dem Namen Bulli. Früher war er mal Berufsboxer gewesen, daher stammten seine Blumenkohlohren. Erfolg hatte er nicht gehabt. Für keinen gilt mehr als für einen Boxer das Wort, daß rostet, wer rastet. Bullis Phlegma hatte ihn auf dem Weg nach oben schon früh stolpern lassen.

»Ich trinke nicht«, sagte Stach. »Wo ist Herr Rotermund?«

Wie auf ein Stichwort erschien Sigi Rotermund zwischen den Perlenschnüren, die den Durchgang kaschierten. Natürlich im Smoking, natürlich mit prächtiger Fliege. Weiße Handschuhe trug er nicht. Der Anblick des Hauptkommissars zauberte ein Lächeln auf seine Miene, er schwänzelte heran, verneigte sich, fragte: »Es ist doch gestattet?«, nahm auf dem Hocker neben Stach Platz und sagte zum Mixer: »Was der Herr bestellt hat, geht auf Kosten des Hauses. – Sehr erfreut, Sie hier zu sehen, Herr Hauptkommissar.«

»Ich heiße Stach. Und ich habe nichts bestellt, weil ich im Dienst bin.«

»Oh.« Rotermund zog die Augenbrauen so hoch, daß die Stirn fast verschwand. »Sie wollen doch nicht etwa in meinem Etablissement ...«

»Ich möchte mit einer Ihrer ambulanten Damen sprechen.«

Rotermund schüttelte tadelnd den Kopf. »Sie irren, Herr Haupt... Herr Stach. Das sind nicht meine Damen, sondern ...«

»Kassieren Sie die Miete für den Bau gegenüber oder nicht?«

»Eben. Die Miete. Und die auch nur zum Teil.«

»Und wer ist noch Teilhaber?«

»Meines Wissens ein ganzes Konsortium wohlsituierter Herren. Wie heißt es doch im lateinischen Spruch? *Non olet* – es stinkt nicht, das Geld nämlich. Nur ich, der ich ganz offen die Vorzüge der Damen zur Schau stelle, die Sie dort sehen können, ich gerate in ein anrüchiges ...«

Stach stoppte den Redefluß, ehe er ganz ausuferte. »Mir ist Ihr Gewerbe schnuppe, solange Recht und Ordnung gewahrt bleiben. Wie viele Horizontale arbeiten drüben?«

Rotermund zählte auf: »Alice, Nelly, Susi, Gaby ...«

»Susi ist aber nicht beim Gesundheitsamt registriert!«

Wieder fuhren Rotermunds Augenbrauen in die Höhe. »Nicht? Das gibt's doch nicht! Ich habe ihr ausdrücklich gesagt ... na, der werde ich einheizen! Ich dulde es nicht, daß hier laxe Sitten einreißen.« Und das aus seinem Mund, dem Mund eines Mannes, der von laxen Sitten lebte – nicht schlecht lebte.

Stach wechselte das Thema, das war seine Spezialität. »Warum arbeitet Alice bei Ihnen?«

»Nanu, ist sie Ihnen aufgefallen? Freitags und am Wochenende ist hier ziemlicher Betrieb, darum ... sie hat doch nichts ausgefressen?«

»Ich möchte sie sprechen. Möglichst schnell und allein. Wo geht das?«

»In meinem Büro. Bitte sehr, es steht Ihnen zur Verfügung.«

Rotermund ging voran. Vor dem Durchgang gab er Bulli eine diskrete Anweisung. Der Hüne nickte und schenkte Stach einen Blick aus winzigen Augen, denn seine Augenbrauen waren so oft zerschlagen und genäht worden, daß sie wie narbige Wülste aussahen.

Alice brauchte drei Minuten, bis sie erschien. Ihr Kleid hätte nicht praller sitzen und nicht offenherziger sein können. Da sie Stach schon kennengelernt hatte, behandelte sie ihn wie einen uralten Freund, mit dem sie schon in der Gosse Murmeln gespielt hatte.

»Hach«, seufzte sie, »ich bin direkt froh, daß Sie mich von dem Ekel weggeholt haben. Das Schwein säuft wie ein Loch, kippt einen Whisky nach dem anderen in seine Röhre, und ich, ich gucke in dieselbe. Nicht mal Schampus spendiert er, und dabei ist das Ferkel schon besoffen wie tausend Matrosen!«

»Ich nehme an, Sie haben Umsatzbeteiligung«, stellte Stach fest.

»Na schön, aber trotzdem. Da lobe ich mir meine Kundschaft, die kann ich um den Finger wickeln. Was liegt denn an? Über das Auto weiß ich aber immer noch nichts, und über Susi auch nicht, die ist nämlich nicht da.«

Sicher war Alice nicht die Klügste, aber ihr Mundwerk mußte mal extra totgeschlagen werden, wenn sie von hinnen ging. Stach fixierte sie unter verdeckten Lidern, während er seine Pfeife stopfte, obwohl er genau wußte, daß sie ihm nicht schmecken würde. »Sie arbeiten oft in der Bar, Alice?«

»Nun ja, wenn's sein muß, wissen Sie.« Das klang vage und ausweichend. Stach hakte nicht nach. »Ihren Wohnungsschlüssel haben Sie bei sich?«

»Claro. Warum? Denken Sie, den lasse ich stecken, damit . . .«

»Nein, nein. Darf ich ihn sehen?«

Sie zog ihn aus dem Krokotäschchen. Fast wäre ein Bündel Scheine mit herausgerutscht. »Danke«, nickte Stach und nahm den Schlüssel unter die Lupe, was Alice nicht begreifen konnte. »Is was damit?« erkundigte sie sich mißtrauisch.

Stach reichte ihn zurück. Es war nichts damit.

»Susi«, begann er erneut. »Susi Kerner. Was halten Sie von Ihrer Kollegin?«

»Also mit der habe ich noch nicht mehr als drei bis vier Worte gewechselt. Neulich habe ich mir mal Zucker ausgeliehen, aber da hatte sie es so eilig ...«

»Wann?«

»Vor acht Tagen vielleicht.«

»Hatte sie viel Kundschaft?«

»Aber sicher. Unser Laden läuft, kann ich Ihnen flüstern. Aber sagen Sie es nicht dem Finanzamt.« Sie lachte laut. Und damit war das Gespräch schon beendet. Stach war so klug als wie zuvor.

7

Die Obduktion Susi Kerners fand schon am nächsten Tag statt, am Sonnabend um zehn Uhr, in der Prosektur des Kreiskrankenhauses. Es war nicht zwingend vorgeschrieben, daß jemand von der Kripo anwesend war, aber Stach hielt es grundsätzlich so, daß er einen seiner Beamten abordnete. In diesem Fall fiel das schwarze Los auf Kommissarin Dagmar Rückert.

Außer ihr war anwesend der Ermittlungsrichter Meermann, ein Gerichtssekretär, Gerichtsmediziner Professor Piehl mit seinem Assistenzarzt Dr. Adebahr und dem Gehilfen Hermann Fischer.

Zu Beginn sprach der Professor den äußeren Befund der Leiche auf Band, stellte dann umfangreiche Messungen an den äußerlich sichtbaren Wunden und Schußkanälen an und sprach auch diese Erkenntnisse sofort ins Mikrofon. Der Richter saß im Hintergrund auf einem Stuhl, las Zeitung und schaute hin und wieder auf die Tabula. Keiner im Raum, auch die Kommissarin nicht, äußerte irgendeine Gefühlsregung.

Die Seele Susi Kerners war dem Körper entflohen, er war jetzt nur noch dazu bestimmt, mit Hilfe wissenschaftlicher Methoden so genau wie möglich Auskunft zu geben über die Art und Weise des Todeseintritts.

Obduktionsgehilfe Fischer setzte das Skalpell über einem Ohr der Toten an und vollführte den Henkelkorbschnitt. Der Professor steckte eine Zigarre an und fragte die Kommissarin: »Ist es richtig, daß Sie den Mörder auf frischer Tat geschnappt haben?«

»Es scheint so.«

»Na, gratuliere. Dann haben Sie ja mal kein beschwerliches Wochenende.«

Er tat drei paffende Züge, drückte die Zigarre aus und streifte den Gummihandschuh wieder über die rechte Hand.

Renate Stach erfuhr erst beim Frühstück, was in der Kastanienallee passiert war. In der Nacht hatte ihr Mann es nicht fertiggebracht, sie aus der Euphorie der Feier zu reißen. Schließlich war es ihr Geburtstag gewesen.

»Ralph soll das getan haben? Verrückt! Das kann doch kein normaler Mensch für möglich halten. Wenn er silberne Löffel geklaut hätte oder ... aber Mord? Ausgeschlossen!«

Stach sprach selten im Familienkreis über seine Fälle. Auch jetzt breitete er nicht das ganze Panorama der Untat aus, das hätte Renate noch mehr deprimiert; so wie es ihn deprimierte, denn der erste Zorn der Nacht war einer eher apathischen Betrachtungsweise gewichen, dem Bewußtsein, daß er effektiv nichts tun konnte. Aus einem schwarzen Schaf war nun mal kein weißes Lamm zu zaubern.

Als er an die Tür des Staatsanwalts klopfte – dort hatte sich auch Polizeirat Rowedder eingefunden –, mußte er an Renates gleichsam beschwörende Worte denken: »Du mußt ihn rauspauken, Kurt! Auch wenn du ihn nie hast leiden können, du mußt seine Unschuld beweisen!« Als wäre er ein Illusionist, der das Karnickel aus dem Zylinder holte und danach noch ein halbes Dutzend weißer Tauben.

Staatsanwalt Harkort blätterte in der roten Mordakte. Z. N. – zum Nachteil – von Dr. Joseph Strehlitz. Rowedder stand am Fenster, kam auf Stach zu, schüttelte ihm die Hand und platzte heraus: »Was habe ich da von Etzler gehört? Der Mörder ist Ihr Neffe?«

Harkort legte ein Lineal zwischen die Blätter der Akte, erhob sich und reichte Stach ebenfalls die Hand. »Scheußliche Geschichte«, sagte er, und das klang beinahe teilnahmsvoll. »Sie haben die Ermittlungen geleitet?«

»Nein.« Stach setzte sich auf einen Wink Harkorts, der wieder an seinen Platz zurückkehrte. Rowedder lehnte sich mit dem Rücken an die Fensterbank und verschränkte die Arme.

»Sie wollen nicht in den Geruch geraten, wegen Befangenheit Beweismittel zu unterdrücken?« Harkort schüttelte leicht den Kopf. »Da hätte ich keine Befürchtungen, und ich vertrete die Anklage, nicht wahr!«

»Sie sind unser Spezialist für Tötungsdelikte, Herr Stach«, warf Rowedder ein. »Keiner vom 1. K. könnte Sie ersetzen. Wie sehen Sie die Lage?«

Stach hatte alles erwartet, nicht das. Natürlich hatten Harkort und Rowedder schon die Köpfe zusammengesteckt und den Fall durchdiskutiert. Ohne Zweifel lag ihnen der erste detaillierte Bericht Etzlers vor, wenn auch noch nicht in protokollierter Form. Also wußten sie, daß kaum noch eine offene Frage zugunsten Ralph Thorns zu klären blieb.

»Die Fakten sprechen eine eindeutige Sprache«, erwiderte er. »Ich sehe weit und breit keinen anderen Täter. Zu klären bleibt für mich lediglich, warum Ralph Thorn sich mit einer Horizontalen eingelassen hat. Mit anderen Worten, das Motiv ist für mich völlig unklar.«

»Der Täter ist noch nicht vernehmungsfähig?«

Stach zuckte mit den Achseln. »Keine Ahnung. Er lag in Agonie, als wir ihn vorfanden. Die chemischen Analysen des Rauschmittels liegen noch nicht vor. Wir konnten, wie Sie sicher wissen, eine Rekordspritze samt Zubehör und einem Fläschchen mit einer wässerigen Lösung noch unbekannter Zusammensetzung sicherstellen. Ferner eine halbe Flasche Whisky und die Tatwaffe, eine italienische Beretta.«

Rowedder nickte. »Alles klar, Herr Stach. Ob ich mal beim Gerichtsmedizinischen Institut anrufe?«

»Zu früh. Fragt sich, ob die überhaupt schon was dran getan haben, heute am Sonnabend ...«

»Dann mache ich denen mal Feuer unterm Hintern! Die werden doch wohl eine einfache Analyse schaffen!«

»Ich erledige das«, sagte Harkort, zog sein Telefonregister zu Rate und wählte. Er bekam den Leiter des Labors nach einigem Warten an die Strippe, hörte sich dessen Erläuterungen schweigend an, brachte einige Stichworte zu Papier und legte mit einem »Schönen Dank, auf Wiedersehen!« auf.

Er schaute zuerst Rowedder, dann Stach an. »So was ist mir in der ganzen Praxis noch nicht vorgekommen, meine Herren. Das Fläschchen enthielt nicht etwa, wie zu vermuten war, eine Morphinbase, sondern Scopolamin.«

Stach hatte naturgemäß mit Giften, auch solchen, die einen Rausch erzeugen, stets und ständig zu tun, er mußte deshalb in Toxikologie einigermaßen beschlagen sein, doch mit Scopolamin wußte auch er herzlich wenig anzufangen.

»Wissen Sie, was der Chemiker mir erklärt hat?« fuhr Harkort fort. »Im Mittelalter sind scopolaminhaltige Hexensalben, Zauber- und Liebestränke von Bedeutung gewesen. Vermutlich hat Scopolamin bei Hexenprozessen eine große Rolle gespielt. Das Zeug ruft Halluzinationen hervor, Funktionsstörungen im Gehirn, die sich als hochgradige Erregung äußern und dann in eine depressive Phase umschlagen. Im übrigen kann schon ein Milligramm Scopolamin, subkutan –

also unter die Haut gespritzt – zum Tode führen.«

»Ist es unumstößlich sicher, daß sie sich das Zeug gespritzt haben?«

»Davon können wir ausgehen, denn auch der Rückstand in der Rekordspritze war einwandfrei als das Hexengift definiert. Hm, noch etwas. Der Chemiker äußert die Meinung, daß eine Bewußtseinstrübung beziehungsweise -veränderung solcher Art stattgefunden haben kann, daß sie als Auslösemechanismus des Mordes wirkte.«

»Also Paragraph einundfünfzig?« warf Rowedder ein.

Harkort wiegte den Kopf. »Das ist nicht unser Bier, Herr Rowedder. Wozu haben wir unseren sachverständigen Gutachter?«

Stach spürte wieder den Grimm in sich wachsen. »Wie, zum Teufel, sind sie auf das Teufelszeug verfallen?«

»Wohl ganz einfach aus Dummheit oder Leichtsinn«, meinte Harkort. »Wenn ihnen jemand von der Zauberwirkung des Liebestrankes erzählt hat...«

»Mein Neffe ist dreiundzwanzig, in dem Alter braucht ein Mann doch kein potenzförderndes Stimulans!«

»Am besten fragen Sie ihn selbst.«

»Ich soll also die Ermittlungen trotz des verwandtschaftlichen Verhältnisses weiterführen?«

»Aber ja. Der beste Mann an den Platz, der ihm gebührt. Können wir übrigens davon ausgehen, daß die tote Susi Kerner identisch ist mit jener Dame, die Dr. Strehlitz in der Mordnacht als Gast bei sich hatte?«

»Möglich. Wir sollten aber das Ergebnis des Haarvergleichs abwarten.«

Stach war keineswegs froh darüber, die Ermittlungen zu führen – trotz des Vertrauensbeweises. Nicht der geringste Zweifel an den gesammelten Indizien gegen Ralph nagte an ihm.

Zu dieser Zeit, als Stach das Gerichtsgebäude verließ und zum Neubau der Polizeibehörde hinüberging – es waren nur ein paar Schritte –, beendete Professor Piehl die Obduktion und sprach die letzten Befunde ins Mikrofon. Lediglich die feingeweblichen Untersuchungen mit Dünnschicht-Chromatographie standen noch aus. Sie hatten Gewebeproben aus der Hirnsubstanz entnommen und aus allen großen inneren Organen. Die Blutprobe allerdings war schon vor Beginn der eigentlichen Obduktion entnommen und zur Untersuchung ins Institut geschickt worden.

Diesen Bescheid brachte die Kommissarin mit ins Büro. Dort hatte Stach einen großen Bogen Papier vor sich liegen und auf dem hinteren Drittel des Schreibtisches fein säuberlich nebeneinander gereiht die Tatortfotos. Er notierte alle bisher bekannten Fakten, versah den einen oder anderen Punkt mit einem Fragezeichen, aber die konzentrierten sich eigentlich nur auf die Person Susi Kerners. Was wußten sie über die Tote? Nichts. Absolut gar nichts.

In ihrer Hinterlassenschaft gab es lediglich ein paar Briefe sowie eine Visitenkarte in ihrer Handtasche, versteckt in einer Seitenfalte: Herwig Sträter, Dickhausen, Telefon 4731. Dickhausen lag nur wenige Kilometer außerhalb der Kreisstadt, ein winziger Ort mit ein paar alten Bauernhäusern und einigen Ruhesitzen begüterter Leute, die die ozonhaltige Waldluft der benzindunstgeschwängerten in der Großstadt vorzogen.

Er zeigte die Visitenkarte Dagmar Rückert. »Was hältst du davon?«

Sie zuckte mit den Achseln. »Vielleicht einer ihrer Kunden.«

»Kann sein. Ist sogar wahrscheinlich. Wenn wir ihn fragen, wird er mit Ausflüchten kommen – das Übliche. Trotzdem ...«

»Soll ich ihn interviewen?«

Peter Graff spazierte zur Tür herein. »Mann«, schnaufte

er, »ich brauche Streichhölzer für die Augen. So 'nen Kater habe ich selten spazieren getragen.«

»Prima«, grinste Stach. »Dagmar, du hast kaum Schlaf gekriegt, hau dich in die Klappe. Peter, du warst ja derjenige mit der grandiosen Idee, daß Susi Kerner in der Mordnacht bei Strehlitz war. Fahr zu diesem Gentleman und frag ihn ganz vorsichtig nach seinen Kontakten zu Susi.«

»Immer ich«, maulte Graff. »Dabei wollte ich bloß mal reingucken und fragen, was mit unserem Skatabend ist.«

»Das läuft nicht.«

Graff betrachtete die Visitenkarte, ließ sie auf den Schreibtisch fallen und trottete hinaus. Von seiner sonstigen Energie und seinem Ehrgeiz war nichts zu spüren.

Bei der Dorfkneipe von Dickhausen hielt Kommissar Graff. Erstens verspürte er einen gepflegten Durst, und ein halber Liter wäre genau das richtige gewesen, müßte er nicht den fahrbaren Untersatz bewegen, und zweitens hielt er es als gewissenhafter Beamter für richtig, unter der Hand ein paar Fragen nach diesem Herrn Sträter zu stellen.

Die dralle Wirtsfrau, anzusehen wie ein rotbäckiger Boskop, und mit einem Busen, der nur mühsam gebändigt wurde, brachte ihm ein Kännchen duftenden Kaffee und einen Rollmops, denn gefrühstückt hatte er noch nicht. »Eine Frage bitte«, sagte er, »wie komme ich zu Sträter?«

Die Wirtin beschrieb den Weg mit ausholenden Gesten und stellte ihrerseits die Frage: »Wollen Sie ihm vielleicht Antiquitäten verkaufen?«

»Vielleicht. Hat er hier sein Geschäft?«

»I wo. Ich glaube, der sammelt bloß. Sein ganzes Haus ist vollgepfropft mit so Sachen, wissen Sie. Seit ein paar Wochen bringen wir ihm nämlich immer das Essen. Das ist schlimmer als 'n Museum, das Haus.«

»So? Wohnt er denn da allein?«

»Sicher. Das heißt, bis vor kurzem hatte er ja ein Mädchen

bei sich, seine Sekretärin, so 'ne hübsche Blonde, die hat ihm wohl auch was gekocht. Na ja, und den Park, den macht ihm der alte Flöter.«

»Wie heißt denn das Mädchen?«

»Warten Sie mal. Susi, glaube ich. Ein paarmal hat sie nämlich hier von unserem Apparat aus telefoniert, und da hört man ja schon mal ein Wort, ob man will oder nicht.«

Graff klopfte sich im Geist selbst auf die Schulter, daß er hier eingekehrt war. Zwar schmeckte die Kombination Rollmops – Kaffee wie Sägemehl und Spucke, aber er fühlte sich schon wesentlich besser, als er Kurs auf den weitläufigen Park mit dem Bungalow nahm. Übrigens hatte Sträter den, wie die Wirtin wußte, aus einer Konkursmasse günstig erworben. Seit etwa zwei Jahren wohnte er hier, aus dem Ausland sei er zugezogen. Die Dorfnachrichten funktionierten besser als die Tagesschau.

Ein roter Mercedes kam Graff auf dem engen Weg entgegengeprescht, wich in letzter Sekunde auf den Randstreifen, schleuderte Steine und Erde hoch und verschwand. »Viermotorige Wildsau!« fluchte Graff. Das war ein Lieblingsausdruck Etzlers, der sich auf der Dienststelle eingebürgert hatte.

Dann, zwanzig oder dreißig Meter weiter, fiel ihm ein, wem das Gesicht hinter dem Steuer gehörte, das er nur für einen Sekundenbruchteil gesehen hatte: Sigi Rotermund von der Kolibri-Bar.

8

Der alte Mann, der den kurzgeschorenen Rasen abharkte, glich der Darstellung eines unfreien Bauern im Mittelalter: krummgezogener Rücken, Arme ohne Fleisch, nur von Haut überzogene Sehnen und Knochen. Das Gesicht voller Runen, Falten und Fältchen.

Die japanische Kirsche rechts neben dem Bungalow stand in voller Blüte, daneben führte ein plattierter Weg zu den großen verglasten Türen des Swimmingpools. Peter Graff fuhr langsam an der Rosenrabatte vorbei und schaute zu der Blutbuche, deren ausladendes Gezweig sich bis über das schiefergedeckte Haus wölbte.

Ehe er ausstieg, zog er die Krawatte gerade und den Knoten vorschriftsmäßig an. Der Kater hielt ihn nicht mehr ganz so fest in seinen Krallen, Rollmops und Kaffee schienen doch nicht die schlechteste Mischung zu sein.

Er mußte den schweren Klopfer einige Male gegen die kupferbeschlagene Tür fallen lassen, ehe der Mann mit dem Petrus-Bart öffnete. Oder war es ein Skipperbart? Ein Mann mit dunkel getönter Brille, in deren Gläsern sich ein Teil des Parkes spiegelte, schätzungsweise in den Fünfzigern, aber der Silberton des Haares und des Bartes konnte ihn auch älter und vor allem seriöser erscheinen lassen, irgendwie respektheischend.

»Guten Tag«, sagte Graff, »Herr Sträter?«

»Ja, bitte?«

»Kommissar Graff, Kripo Dolve. Sie erlauben, daß ich Ihnen ein paar Fragen stelle?«

Sträter nickte, fast schien es, als habe er den Besuch erwartet. »Treten Sie näher.« Er ging voran in einen Raum, der sich eigentlich nur als Halle bezeichnen ließ, vielleicht eher noch als Galerie oder Museum. Wohin das Auge fiel, stieß es auf Plastiken, Vasen, Gemälde, Miniaturen – auf Kunst und

Kunstgewerbliches. Mitten drin eine Sesselgruppe um einen handgearbeiteten Eichentisch. Dort setzten sie sich.

»Ein Teil meiner bescheidenen Sammlung«, erklärte Sträter mit einer umfassenden Gebärde. Ein Lächeln zerteilte den Bart. »Sie ist nicht besonders anspruchsvoll, und leider kann nicht jedes Stück als wirkliches Kunstwerk bezeichnet werden. Mehr ein Hobby, wissen Sie, obwohl ich natürlich auch einiges wieder zu Geld mache.«

»Aha«, sagte Graff und schaute sich um. Er war ein Kunstbanause, die paar Schinken, die bei ihm zu Hause die Wände zierten, stammten von den Schwiegereltern; ihn störten sie nicht, und Inge schwärmte dafür. »Sie sind Antiquitätenhändler, Herr Sträter?«

Der hob abwehrend beide Hände. »Keineswegs. Viele Stücke habe ich im Ausland erworben. Ich bin nämlich erst seit relativ kurzer Zeit wieder in Deutschland. Das heiße Klima war mir nicht zuträglich, meine Augen sind geschädigt, darum die getönte Brille. Häufig bietet es sich an, ganze Sammlungen aufzukaufen, das ist gewöhnlich kostengünstiger. Da ich nicht alle Stücke gebrauchen kann, veräußere ich sie wieder. Leider meist ohne Gewinn, weil die Händler in der Branche feilschen wie orientalische Teppichhändler.«

Graff war an den Erläuterungen herzlich wenig interessiert. Schließlich war es Sonnabend, Wochenende, und wenn der Krach mit Inge schon beigelegt gewesen wäre und sie nicht diesen Mord aufgehalst gekriegt hätten, säße er jetzt nicht hier, sondern gammelte zu Hause herum.

Er zog sein Notizbuch und den Kuli. »Nach unseren Informationen war Fräulein Susi Kerner bei Ihnen beschäftigt, Herr Sträter?«

Der schwergliedrige Mann beugte sich im Sessel vor, klappte eine Zigarrenkiste auf und bediente sich. Er nickte wieder langsam. »Ich habe damit gerechnet, daß Sie kommen würden, nachdem ich gerade vor einer halben Stunde hören mußte ... Das arme Ding. Es war wirklich Mord?«

»Sie wissen das schon? Woher? Die Presse konnte von uns für die heutige Auflage noch nicht informiert werden.«

»Ich hatte Besuch. Ein Mord in unserer Gegend ist so außergewöhnlich, gewissermaßen eine Sensation, daß jeder, der davon weiß ...«

»Was wollte Rotermund bei Ihnen?«

Die beinah provokant hervorgeschossene Frage überraschte Sträter nicht. Er hob lediglich die Schultern, während er die Zigarrenspitze zwischen runden Lippen befeuchtete und sie dann abknipste. »Eine Geschäftsbeziehung. Wenn Sie die Kolibri-Bar kennen sollten, werden Sie sich an das eine oder andere Dekor erinnern, an Wandteppiche et cetera. Teilweise stammen die Dinge von mir. Rotermund stöbert manchmal bei mir herum und sucht nach exotischen Kunstgegenständen.«

»Er wußte also, daß Susi Kerner bei Ihnen gearbeitet hat?«

»Natürlich.«

»Und warum ist sie gegangen? Ausgerechnet in dieses Apartment in der Kastanienallee?«

Sträter setzte die Zigarre in Gang, lehnte sich zurück und schaute – scheinbar sehr nachdenklich und vielleicht sogar traurig – den ersten Rauchkringeln nach. »Das habe ich mich oft gefragt, Herr Graff. Vielleicht sollte ich meine ... hm ... Beziehungen zu Susi gleich richtigstellen. Ich habe sie zwar als Sekretärin eingestellt, doch schon bald entwickelte sich daraus ein ... nun, nennen wir es ein intimes Verhältnis. Ich gestehe freimütig, daß ich es außerordentlich bedauert habe, als sie mich verließ.«

»Wann?«

»Vor einigen Wochen.«

»Warum?«

»Ich wollte, ich könnte Ihnen diese Frage schlüssig beantworten. Ich weiß es nicht. Natürlich war der Altersunterschied sehr groß. Dreißig Jahre, das kann einen tiefen Graben zwischen zwei Menschen aufwerfen. Ich habe mit Engelszungen geredet, ich wollte nicht wieder allein sein, ich hatte mich an sie gewöhnt, an ihr junges Temperament, ihre liebenswerte Frische, allerdings nicht an ihren Leichtsinn. Ich glaube, sie ist nur zu mir gekommen, weil sie eine tiefe menschliche Enttäuschung erlebt hatte. Aber was wissen Menschen schon voneinander?«

»Sie hat Sie einfach verlassen? Ohne Angabe von Gründen?«

Sträter zögerte mit der Antwort. Die große linke Hand krampfte sich um die Sessellehne. Es schien ihn mehr mitzunehmen, als seinen ruhig gesetzten Worten zu entnehmen war. »Sie wollte frei sein, ungebunden.«

»Hatte sie Kontakt zu Rotermund?«

Die dunklen Brillengläser richteten sich voll auf den Kommissar. »Wie, bitte, soll ich das verstehen? Die Damen in Rotermunds Bar sind doch wohl von anderem Kaliber als Susi Kerner!«

»Wir haben aber Grund zu der Annahme, daß sie in ihrem Apartment als Prostituierte tätig war.«

»Das ist ... unmöglich!«

»Hat Rotermund Ihnen das verheimlicht?«

»Dieses Schwein! Dieses erbärmliche, niederträchtige Stück Mist! Wenn er sie dazu überredet hat ...«

»War Susi hinter Geld her?«

»Wie bitte?« Sträter brauchte einen Augenblick, um den Schock zu verdauen. »Ob sie ... nun ja, sie konnte schon mehr gebrauchen, als sie bei mir verdiente. Ich bin zwar nicht unbegütert, aber meine Sammlerleidenschaft verschlingt einiges, und vielleicht hätte ich ein wenig großzügiger ihr gegenüber sein sollen. Wenn ich geahnt hätte, daß Geld der Grund ...«

Graff fuhr ungeduldig dazwischen. Es war seine Art, eine

Vernehmung schnell voranzutreiben, er hatte nicht wie zum Beispiel Stach die Gabe des einfachen Zuhörens, des Wartens. »Hatte sie Familie?«

»Keine Eltern mehr, nein. Von ihrer Verwandtschaft weiß ich gar nichts. Lediglich ihre jüngere Schwester hat sie hin und wieder besucht. Helga ist siebzehn und besucht ein Internat.«

Graff notierte: »Schwester Helga, 17.« Dann fragte er: »Wo?«

»Die Adresse habe ich mir leider nicht gemerkt. In Bergisch Gladbach, glaube ich.«

»Wissen Sie etwas über Bekannte der Toten?«

»Nichts. Absolut gar nichts. Ist es wahr, daß der Mörder bei ihr...?«

»Augenscheinlich.« Graff klappte das Buch zu und erhob sich. Er, wäre er eine zweiundzwanzigjährige junge Frau gewesen, er hätte es nicht eine Woche in diesem Museum und bei diesem Mann ausgehalten. Aber Graff war ein Mann von zweiunddreißig und deshalb völlig außerstande, sich in die Seelenverirrungen eines jungen weiblichen Wesens hineinzuversetzen.

Er bedankte sich für das Gespräch und bat Sträter um einen Anruf, falls ihm noch Sachdienliches einfallen sollte.

Mittags um zwölf Uhr brachte Steiner vom Erkennungsdienst seinen Bericht. Er hatte Schlaf- und Wohnzimmer, Küche und Bad von Susi Kerner gewissenhaft eingestäubt und systematisch nach Fingerabdrücken gesucht. Das Ergebnis war für Hauptkommissar Stach erstaunlich.

»Außer Susi Kerners Abdrücken und denen Ralph Thorns nur noch drei andere? Das gibt's doch nicht!«

Steiner schwor Stein und Bein. »Hab' mich auch gewundert, Herr Stach. Bei einer Person mit so vielen Besuchern müßte es doch von Abdrücken nur so wimmeln. Nichts dergleichen.«

Stach blätterte den Bericht durch. An Ralphs Händen hatte Steiner den Paraffintest angewandt und an der Rechten Pulverrückstände gesichert. Also hatte er zweifelsfrei die Waffe betätigt. Oder auch nicht – der Paraffintest war sehr umstritten. Hätte man allerdings keine Pulverrückstände festgestellt, so hätte das Thorn nicht gänzlich entlastet.

»Eins ist mir aber echt sauer aufgestoßen«, sagte Steiner. »Weder an der Rekordspritze noch an der Flasche mit Alkohol noch an der mit dem anderen Zeug konnte ich Fingerabdrücke feststellen.«

Stach hatte den entsprechenden Passus im Bericht gerade entdeckt. Er schüttelte den Kopf und ließ das Blatt sinken. Seine Augen verengten sich. Dies war das erste wirklich gravierende Moment, das sich absolut nicht in die Indizienkette einfügen ließ. »Komisch, was?«

Steiner hob beide Hände mit den Flächen nach oben. »Ich hab' es hin und her probiert, nichts zu machen. Sie müssen abgewischt worden sein.«

»Auch kein noch so verwischter Abdruck?«

»Absolut nichts. Blank wie 'n Kinderpopo nach der Badewanne.«

»Danke, Herr Steiner, daß Sie Ihre Freizeit geopfert haben.«

»Ehrensache, Herr Stach. Sind die Fotos nicht Klasse geworden?«

»Ganz exzellent. Mir gefällt daran nur nicht, daß das Mädchen tot ist.« Und daß Ralph neben ihr liegt, mit der Tatwaffe quasi in der Hand, fügte er in Gedanken hinzu. Dieser verdammte Himmelhund, nichts wie Scherereien und Ärger machte er der Familie.

Er griff, als Steiner gegangen war, zum Telefon und wählte das Krankenhaus an. Aber Ralph war noch nicht vernehmungsfähig. Er sei, sagte der Arzt, gerade soeben am

Tod vorbeigeschrammt. Die Intoxikation sei weit fortgeschritten gewesen. »Vor morgen früh ist nichts zu machen«, schloß er.

Kaum hatte Stach aufgelegt, wurde ein Gespräch vom Gerichtsmedizinischen Institut zu ihm durchgestellt. Professor Piehl selbst war am Apparat.

»Dachte mir, Sie wollten unsere Ergebnisse so schnell wie möglich haben«, sagte er, »ehe ich ins Weekend fahre.«

»Ich bin Ihnen sehr verbunden, Herr Professor.«

»Na, Sie wissen doch, Unmögliches wird sofort erledigt. Über die Schußwunden brauche ich mich nicht zu verbreiten, die haben Sie alter Hase ja selbst als alle absolut tödlich klassifiziert. Tja, bloß wären die Kugeln gar nicht nötig gewesen.«

»Darf ich mal raten? Sie hatte soviel Scopolamin intus, daß es gereicht hätte.«

»Das wissen Sie? Menschenskind, warum lassen Sie mich dann noch obduzieren und mit dem Blut rummachen?«

Stach lachte. »Mein Animus. Nein, ich habe gerade vom Krankenhaus Bescheid gekriegt, daß der mutmaßliche Mörder auch beinahe abgeschrammt wäre. Wenn er es getan hat, wäre das für alle Teile die beste Lösung gewesen.«

»Höchst interessant, mein Lieber, auch für mich. Zumal es das erste Mal ist, daß ich Scopolamin in so konzentrierter Form als Rauschmittel vorgefunden habe.«

»Wirklich? Es ist also absolut ungewöhnlich?«

»So kann man sagen.«

»Eine Frage, Herr Professor: Ist es für Sie vorstellbar, daß die beiden in purer Unkenntnis so viel injiziert haben?«

»Durchaus. Wir erleben es ja auch bei Fixern immer wieder, daß sie sich zuviel Heroin in die Venen jagen. Übrigens ist dies noch nicht das definitive Ergebnis. Die feingeweblichen Untersuchungen sind noch nicht abgeschlossen.«

»Danke, Herr Professor. Ich wünsche Ihnen ein schönes

Wochenende.«

»Merci, dito.«

Als Peter Graff eine Viertelstunde später hereinkam und Bericht erstatten wollte, saß Stach über seinen Aufzeichnungen, die er jetzt mit ein paar dicken roten Fragezeichen versehen hatte.

»Mensch«, rief Graff und ließ sich in den Besuchersessel fallen, der häufig auch von Zeugen oder Tatverdächtigen benutzt wurde. »Den Knaben müßtest du sehen. Sieht aus wie von Oberammergau importiert. Und einen Klimbim hat er um sich herum staffiert, da legste die Ohren an. Stinkfein bis vornehm.«

»Hm. Du sprichst von Sträter?«

»So ist es. Also, dieses Mädchen war zuerst seine Sekretärin, dann seine Geliebte, dann ist sie ihm ausgerückt. Der wurde fast nicht wieder, als er hörte, daß sie 'ne Ambulante war. Er hat Rotermund als das tituliert, was er ja wahrscheinlich ist, als Schwein.«

»Ach. Er kennt ihn?«

»Als Geschäftspartner, wie er sagt. Rotermund war nämlich gerade bei ihm gewesen. Wenn du mich fragst, so richtig erschüttert war er über Susis Tod nicht, obwohl sie seine Bettgespielin gewesen ist.«

Stach griff zum Filzstift und notierte auf seinem DIN-A-4-Bogen: »Beziehung Rotermund-Sträter?« Das Fragezeichen wieder in rot.

»Noch was«, sagte Graff, »wahrscheinlich das einzige von Bedeutung. Susi hat 'ne Schwester. Siebzehn. Ist im Internat. Irgendwo in oder bei Bergisch Gladbach. Genaues wußte Sträter nicht.«

»Interessant«, murmelte Stach. »Sei so nett und häng dich ans Telefon, ja?«

Graff schaute zur Uhr. »Eigentlich wollte ich nach Hause.« Er grinste plötzlich. »Nee, ist schon o.k. Ruf doch bitte Inge an, ja? Sag ihr, daß ich völlig unabkömmlich bin, daß du diesen Mord ohne meine wertvolle Hilfe nie im Leben aufklären wirst und daß ich mich wahrscheinlich im Laufe dieses Tages in fürchterliche Abenteuer stürzen muß, sei es auch nur in der Kolibri-Bar. Tust du das?«

»Affe«, sagte Stach und griff zum Telefon.

Eine halbe Stunde später erfuhr er von Graff, daß Helga Kerner sich im Pestalozzi-Internat in einem kleinen Ort nahe Bergisch Gladbach aufhielt. Er schloß sein Büro und fuhr nach Haus zum Essen.

Der Wagen mit dem Bremer Kennzeichen vor der Haustür verriet ihm schon, was ihn erwartete. Oberamtsrichter Erich Thorn mit Frau Hertha, die Eltern eines nicht nur ihrer Meinung nach völlig mißratenen Sprößlings namens Ralph, hatten es tatsächlich über sich gebracht, die Abenteuer einer langen Autobahnreise auf sich zu nehmen. Seufzend stieg Stach die Treppe hinauf, und weil Heike und Bernd ihn nicht wie eine Horde Indianer überfielen, sondern mucksmäuschenstill in ihrem Zimmer spielten, wußte er, daß preußische Ordnung in seinem Heim dominierte.

Obwohl die Thorns die Fünfzig eben überschritten hatten, gaben sie sich wie völlig abgeklärte Greise. Manche Leute kamen schon alt auf die Welt. Und da sie auch die Weisheit und Lebenserfahrung mit großen Löffeln gegessen hatten, war mit ihnen schlecht zu rechten und noch schlechter auszukommen. Es sei denn, man hielt den Mund und vermied peinlich jede Diskussion.

Der pastorale Ton Erich Thorns erreichte Stach schon auf dem Flur. Am liebsten hätte er schnell kehrt gemacht und in der nächsten Imbißstube eine Handvoll Fritten gefuttert. Er begrüßte die beiden mit der Zurückhaltung und dem Ernst, den diese Stunde erheischte. Wenn Erich geflucht hätte wie ein Matrose, wäre er ihm menschlich nähergekommen, aber so ...

Sie trugen schwarz, als stünde eine Beerdigung ins Haus. Die flachbusige Hertha, von übertriebener Diät und fleischloser Kost abgemagert zu einer Bohnenstange, schloß Stach sogar in die Arme.

Nicht eine Frage nach dem Ergehen ihres Jungen, statt dessen ... »Es ist also erwiesen, daß er es getan hat?« fragte Erich Thorn streng.

Stach holte sich einen Cognac aus dem Barfach. Er mußte den Magen vorwärmen, das Essen würde ihm in demselben bei dieser Gesellschaft schwer genug liegen.

»Wir stehen am Anfang der Ermittlungen«, entgegnete er. »Erwartet bitte keine Wunder.«

»Nein. Schon gar nicht von unserem Sohn. Ist es wahr, daß er mit einer ... einer ... na, du weißt schon!«

»Mit einer Nutte? Es scheint so.«

»Und sie heißt Susi Kerner?«

»Richtig.«

»Merkwürdig. Sollte es sich um dasselbe Mädchen handeln, das er vor Jahren mal mit ins Haus gebracht hat? Natürlich nur einmal, denn er hatte noch nicht mal das Abitur.«

Stach nippte am Glas. »Das Mädchen hieß Susi Kerner?«

Hertha nickte. »Ja, bestimmt, ich erinnere mich genau. Wir haben uns natürlich energisch verbeten, daß er mit achtzehn schon ... man weiß ja schließlich, wohin das führt.«

Ja, dachte Stach, es führt dazu, daß Kinder aus dem Haus getrieben werden. Renate sagte ungläubig staunend: »Was denn, ihr habt eurem achtzehnjährigen Sohn verboten, sich mit einem Mädchen zu treffen?«

»Allerdings. Die heutige laxe Auffassung von ... hm ... Sexualität, diese allgemeine Verwilderung der Sitten wird in unseren vier Wänden nicht geduldet.«

Amen, dachte Stach, biß sich aber auf die Zunge. Streng, aber ungerecht, die einzig wahre Erziehung zum Untertan. Und jetzt stand Ralph unter Mordanklage.

»Ich wollte«, sagte er, »wegen Befangenheit die Untersuchung des Falles ablehnen. Der Staatsanwalt hielt mich offenbar für integer und moralisch gefestigt genug, auch gegen – oder für – einen Verwandten zu ermitteln. Von euch wüßte ich gern mehr über Ralph. Ich habe ihn ja leider nur selten und dann nur stundenweise genossen.«

Erich Thorn fixierte ihn durch die goldgefaßten Brillengläser. Sein Gesicht, von der Wichtigkeit der Amtsperson durchdrungen, konnte wirken wie ein scharfgeschliffenes Messer. »Was erwartest du, Kurt? Die Antwort auf die Frage, ob wir es für möglich halten, daß er einen Mord begeht? Nach allem, was er uns an Undankbarkeit und Leid zugefügt hat, kann ich darauf nur sagen: Ich verweigere die Aussage.«

Hertha faltete die Hände im Schoß und starrte darauf nieder. »Ihr wißt nicht alles. Wir haben es jahrelang mit uns herumgetragen. Schon auf der Schule kam er nie mit dem Geld aus, er machte Schulden. Natürlich haben wir ihn aus pädagogischen Erwägungen zwingen müssen, dafür zu arbeiten.«

Renate nickte. »Natürlich habt ihr ihm ausreichend Taschengeld gegeben?«

»Aber ja. Fünf Mark die Woche. Lediglich bei schlechten Zensuren wurden sie einbehalten.«

Renate biß sich auf die Unterlippe, wechselte einen schnellen Blick mit ihrem Mann, schaute auf die Uhr und erhob sich. »Mein Gott, so spät schon. Wir müssen essen.«

»Eine gute Idee«, nickte Stach. »Ich hab's nämlich eilig. Übrigens geht es Ralph nicht gut. Um ein Haar wäre er an der Injektion des Rauschgiftes gestorben.«

»Mein Gott!« rief Renate erschrocken.

Hertha Thorn schaute von ihren gefalteten Händen auf.

»Rauschgift und Mord. Unser guter Name ist geschändet. Ich wollte, er wäre tot.«

9

Stach drängte sich genausowenig wie jeder andere normale Mensch zur Arbeit, zumal am Samstagnachmittag. Aber da keine erbaulichen Stunden zu erhoffen waren, solange die Thorns unter seinem Dache weilten, stieg er geradezu erleichtert in seinen Wagen, tauschte ihn fünf Minuten später gegen ein Dienstfahrzeug und fuhr ins frische Grün des Maientages. Leid tat ihm Renate, die das selbstmitleidige Gejammer der Thorns über sich ergehen lassen mußte.

Das Internat war mal ein Hotel gewesen. Es nahm vornehmlich Kinder aus sogenannten besseren Elternhäusern auf, genauer gesagt aus finanziell bessergestellten. Sicher war es auch eine Art Nürnberger Trichter für lernfaule oder desinteressierte Kinder und für andere, die aus Disziplinargründen von der Penne geflogen waren.

Der aufsichtführende Lehrer war jung, langhaarig und insofern der genaue Gegentypus von jenen Paukern, an die Stach sich jetzt noch, nach so vielen Jahren, höchst ungern erinnerte. Vielleicht war er einer unter vielen Arbeitslosen Akademikern gewesen und hatte keine Anstellung im öffentlichen Dienst gefunden.

»Brensing«, stellte er sich vor und studierte sehr aufmerksam Stachs Dienstausweis. Er rieb seine Nase und murmelte: »Hoffentlich nichts unangenehmes, etwa Rauschgift oder so?«

Stach merkte auf. »Was veranlaßt Sie zu der Frage? Ist so etwas schon vorgekommen?«

Leichte Sorge zog auf Brensings Gesicht ein. »Ganz sicher ist man bei Heranwachsenden wohl nie. Wir können sie nicht hermetisch von ungünstigen Einflüssen abriegeln. Ja, es ist schon mal vorgekommen.«

»Hasch? LSD? Harte Drogen?«

»Cannabis. Von manchen als harmlos angesehen.«

»Es ist harmlos, ich meine, der Stoff an sich. Es ist eine Bombe mit Zeitzünder, wenn der Umsteigeeffekt ins Spiel kommt. Nein, es handelt sich um eine sehr unangenehme Geschichte, die aber nichts mit Ihrer Anstalt zu tun hat. Könnte ich bitte Fräulein Helga Kerner sprechen.«

»Merkwürdig. Sie sind schon der Zweite.«

»Ach!« staunte Stach. »Und wer war schneller als ich?«

»Ein älterer Herr mit weißem Bart. Der Name fällt mir im Augenblick nicht ein.«

»Sträter?«

»Richtig.«

»Und?«

»Helga wollte ihn nicht sehen. Er hat ihr eine schriftliche Nachricht zukommen lassen, noch eine halbe Stunde gewartet und ist wieder gefahren. Seitdem habe ich Helga nicht gesehen. Sie dürfte in ihrem Zimmer sein.«

Sie weiß es also schon, dachte Stach. Warum war Sträter gekommen, warum hatte sie ihn abgewiesen? Natürlich gab es eine ganz plausible Erklärung dafür. Susi hatte lange Zeit für ihn gearbeitet und ihm sogar sehr nahe gestanden, sicher hatte er auch Kontakt zu Helga bekommen.

Im Lehrerzimmer mußte Stach eine Weile warten, bis Helga Kerner erschien. Wenn sie geweint hatte, war es kaum noch zu sehen. Das junge, unfertige Gesicht wirkte verkrampft. Sie tat ein paar zögernde Schritte auf Stach zu, blieb stehen. Er reichte ihr die Hand, rückte einen Stuhl für sie zurecht, sie sank wie eine Puppe darauf und legte beide Hände auf den Tisch.

»Sie haben es schon erfahren?« begann Stach behutsam. Helga nickte nur, ihr Kinnmuskel zuckte, sonst blieb das

Gesicht reglos.

»Ich möchte Sie nicht quälen, Fräulein Helga, aber gewisse Unklarheiten können wir nur ausräumen, wenn wir möglichst umfassend über die Person ihrer Schwester informiert werden.« Mein Gott, dachte er, was rede ich da für einen Stuß. Und er hatte das Gefühl, daß die Worte gar nicht ihr Ohr erreichten. Wie konnte er sie nur aus der Versteinerung lösen, aus diesem tiefgreifenden Schock?

»Sagt Ihnen der Name Ralph Thorn etwas?« fragte er.

Helga starrte unverwandt geradeaus, ihre Stimme blieb fast unverständlich. »Ja. Er war gestern nachmittag hier. Mit... mit Susi.«

»Die beiden kannten sich schon länger?«

»Natürlich. Früher sind sie miteinander gegangen, wußten Sie das nicht?«

»So? Und warum in letzter Zeit nicht mehr?«

»Ich weiß nicht. Ralph hatte wohl eine andere oder viele andere. Ich weiß es nicht.«

»Susi hat bei Sträter gearbeitet, nicht wahr?«

»Ja.«

»Warum ist sie gegangen?«

»Sie hat es mir nicht gesagt. Er war immer sehr nett, ich habe ihn häufig in dem Bungalow besucht und...«

»Und?«

Sie zuckte hilflos mit den Achseln. »Na ja, er war viel zu alt für Susi. Ich habe sie gefragt, wieso sie mit so 'nem Opa ins Bett... es war nämlich kein Vaterkomplex bei ihr, wissen Sie. Vielleicht war es bloß die Enttäuschung über Ralph. Vielleicht hat sie gedacht, die jungen Spritzer wären alle so... so unzuverlässig, und sie hat was Solides gesucht, wo sie sich anlehnen konnte. Sie brauchte immer eine Stütze.«

Das klang wie Bücherweisheit aus diesem jungen Mund. »Sie meinen«, warf Stach hin, »daß Susi schwach war, ein Rohr im Wind?«

»O nein, nicht so. Sie wußte schon, was sie wollte, sonst hätte sie sich ja nicht von Sträter getrennt. Wie soll ich das ausdrücken – sie brauchte Kommunikation, sie konnte nicht mehr allein sein.«

»Wie ist sie an dieses Apartment gekommen?«

»Ein Bekannter hat es ihr vermittelt.«

»Rotermund?«

»Wer ist das? Den kenne ich nicht.«

»Hatte sie viele Bekannte?«

»Eben nicht. Gestern noch sagte sie zu Ralph, sie käme sich in dem Apartment, in der fremden Stadt, so richtig verloren vor. Und ob er nicht eine Stellung für sie besorgen könnte.«

»Was er natürlich nicht konnte.«

»Doch, doch. Er hatte was in Aussicht für sie. In Köln. Da arbeitet er nämlich.«

Inzwischen wußte Stach, daß Ralph bei einem Gebrauchtwagenhändler arbeitete, bei einer ziemlich großen und offenbar angesehenen Firma.

»Sie wollten Sträter nicht empfangen, Helga?«

Sie schüttelte den Kopf. »Nein. Susi hatte mir erzählt, daß es bei ihrem Weggang einen sehr häßlichen Auftritt gegeben hat. Deshalb habe ich ihn abgewimmelt.«

»Er hat Ihnen geschrieben, daß Susi ...«

Helgas Kopf sank nach vorn. Tränen rannen über das plötzlich zerbrechende Gesicht. Weitere Fragen hatten keinen Sinn mehr.

Später, als er mit Brensing am Wagen stand, sagte Stach: »Ich möchte Sie bitten, sich besonders um Helga zu kümmern. Sie hat ihre Schwester verloren, meines Wissens die einzige Angehörige.«

Und er dachte an den Zettel, den Sträter geschrieben hatte und der jetzt in seiner Brieftasche steckte. »Liebe Helga, etwas Schreckliches ist geschehen. Susi wurde ermordet. Bitte erlaube mir, daß ich dir mein tief empfundenes Beileid auch persönlich ausdrücken kann. Ich warte. In Liebe Sträter.«

Brensing zupfte an seiner Nase. »Schrecklich. Helga ist eine unserer besten Schülerinnen, sie wurde regelmäßig von ihrer Schwester besucht oder ist zu ihr gefahren.«

»Hat Susi das Schulgeld bezahlt?«

»Meines Wissens nicht. Helgas Eltern sind bei einem Verkehrsunfall ums Leben gekommen. Die Versicherung ...«

»Dann ist wenigstens Helgas Zukunft einstweilen gesichert.«

Aber war dieses siebzehnjährige Mädchen nicht genauso Opfer des Mörders?

Von den drei Schlüsseln an Ralph Thorns Schlüsselbund paßte gleich der erste ins Schloß seiner Kölner Wohnung. Die beiden Zimmer mit Kochnische und winzigem Bad sahen aus, wie eine Junggesellenbude meist auszusehen pflegt: nicht gerade wie eine Räuberhöhle, aber gewiß nicht wie das Paradies einer fleißigen Hausfrau.

Stach durchsuchte die Räume mit jener Systematik, die langjährige Übung verleiht. Er fand weder Drogen noch Rauschgift, nur eine Batterie von Flaschen, eine halbvolle Bierkiste und eine Schachtel mit Fotos. Die meisten darauf abgebildeten weiblichen Wesen sahen durchaus vielversprechend und appetitlich aus. Ein Foto von Susi Kerner fand sich nicht darunter.

Die beiden letzten Gehaltsabrechnungen wiesen aus, daß Ralph sein Metier verstand. Im März waren knapp sechstausend Mark auf sein Konto überwiesen worden, im April gar über siebentausend. Nicht unflott. Noch etwas erstaunte Stach: Ralph hatte sich bei der Fernuniversität eingeschrieben, Fakultät Volkswirtschaft. Ein Stoß schlauer Bücher zeugte davon, daß er sich in der Freizeit nicht nur mit knusprigen Puppen beschäftigte.

Kurt Stach hinterließ die Wohnung im gleichen Zustand, wie er sie betreten hatte, aber sehr viel nachdenklicher. Sein Bild von Ralph Thorn, dem Bruder Leichtfuß, gewann andere Konturen. Und obwohl er immer noch einen Rochus auf den Neffen seiner Frau hatte, zwang er sich zu einer objektiveren Betrachtungsweise.

Kein Mensch war schließlich verpflichtet, sein Leben so penibel zu ordnen und einzurichten, wie zum Beispiel ein bundesdeutscher Hauptkommissar namens Kurt Stach.

Und ausgerechnet Ralph, der nie ein Kind von Traurigkeit gewesen war und nachweislich mehr Damen intim kannte, als seine Hände Finger hatten, ausgerechnet ihm – sei es auch unter dem Einfluß einer Droge – eine Eifersuchtstat mit so schrecklichem Ausgang zuzutrauen, schien doch reichlich abwegig.

Schön und gut. *In dubio pro reo* – im Zweifel für den Angeklagten. Aber brach da nicht schon wieder Wunschdenken durch, weil dieser verdammte Kerl nun mal zur Familie gehörte? Weil er ihn kannte mit seinen schnodderigen Redensarten und der laxen Lebensauffassung, diesem »Das haben wir gleich, das machen wir später«? Da blieb nämlich die nicht zu erschütternde Wand der Indizien.

Wie er das Ding auch drehte und wendete, an einem Haftbefehl wegen dringenden Tatverdachts ging kein Weg vorbei.

Das zweite ungelöste Rätsel hieß Susi Kerner. Wenn sie, wie Graff vermutete, tatsächlich die Frau war, die kurz vor dem jähen Ende des Dr. Joseph Strehlitz in dessen Armen gelegen hatte, dann warf das ein sehr bezeichnendes und völlig anderes Bild auf ihren Charakter, als es zum Beispiel von ihrer Schwester entworfen worden war. Wenn, dreimal wenn! Beweisbar war das alles nicht.

Er ließ sich Zeit mit der Heimfahrt. Daß der Wagen der Thorns nicht mehr vor dem Haus stand, machte ihn stutzig.

»Sie sind schon wieder weg?« platzte er heraus, kaum daß er die Flurtür hinter sich geschlossen hatte.

Renate nickte, sie hatte geweint, und er fragte sich, ob Ralph das wert war. »Sie haben überall herumtelefoniert. Du weißt ja, daß Erich alle möglichen einflußreichen Leute kennt. Jetzt sind sie nach Bonn zu einem berühmten Strafverteidiger. Er soll sofort eingreifen und dafür sorgen, daß Ralph keine Aussage macht.«

»Ach nee.«

»Doch. Dir soll ich ausrichten, daß du ihn auf keinen Fall verhören darfst. Die Grundrechte ...«

»Darüber braucht Erich Thorn mich nicht zu belehren. Ich fasse den Fall so an, wie ich es für richtig halte! – So, und jetzt mach dich fein, mein Schatz, putz den lieben Kinderchen die Näschen, wir gehen groß aus.«

»Gott sei Dank. Mir fällt die Bude auf den Kopf.«

Der Verräter schläft nicht, sagt ein Sprichwort. Daß dieser Verräter ausgerechnet in der »Hubertusklause« beheimatet war, hätte weder Kurt Stach sich träumen lassen noch die Betroffene, nämlich Barbara Hilpert. Dabei hätte sie das Schicksal abwenden können, aber ihr fiel kein plausibler Grund ein, weshalb sie die Einladung in bewußtes Lokal ausschlagen sollte. Diese Einladung kam von einem Kollegen ihres Mannes, der sich aus Anlaß einer Beförderung genötigt fühlte, einiges springen zu lassen.

Stach mit Frau und Kindern hatten den letzten freien Tisch an der Panoramascheibe ergattert, der Blick fiel hinaus auf das Damwildgehege und die mächtigen Eichen, die tiefstehende Sonne störte so gut wie gar nicht. Da er den Kriminalisten zu Hause gelassen hatte, interessierte er sich nicht für die Gäste an den anderen Tischen. Außerdem – wenn er schon in Familie machte, dann hundertprozentig. Das Thema Mord und Totschlag war tabu, schon wegen der Kinder, die ihm ohnehin Löcher in den Hut fragten. Sie wollten wissen, warum Damhirsche so große Schaufeln spazierentrugen, warum die Bäume im Frühling grün wurden und im Herbst so komisch gelb und ob sie nun auch bestimmt noch einen Eisbecher kriegten oder vielleicht sogar zwei, und schließlich, wieso es denn jetzt schon wieder nach Hause gehen sollte, wo doch die anderen Leute auch noch so gemütlich dasäßen.

Aber da Kinder früh ins Bett gehörten, blieb Stach unerbittlich. Er ging, Heike an der Hand, durch die Tischreihen, nickte einem Abteilungsleiter der Strehlitz-Werke zu, der grüßend die Hand hob, nahm aber die anderen Personen am fein gedeckten Tisch nicht wahr, folglich auch nicht den kunstvoll getürmten blonden Haarschopf Barbara Hilperts. Der dicke Wirt stand schwitzend und bierzapfend hinter der Theke; er hatte buchstäblich beide Hände voll zu tun.

Stach war schon zur Tür hinaus, als ihm das Foto von Susi Kerner einfiel, das ihm Helga zur Verfügung gestellt hatte. »Moment«, sagte er und reichte Renate den Wagenschlüssel, »steigt schon ein. Ich komme gleich.«

Für Barbara Hilpert war es eine verhängnisvolle Verkettung unglückseliger Umstände, daß Stach sich ausgerechnet jetzt, fern vom Dienst, an das Foto erinnerte und daran, daß Dr. Strehlitz an seinem Todesabend hier seine Henkersmahlzeit eingenommen hatte. Es durfte, wenn man psychologische Gesetze in Anwendung bringen wollte, geschlossen werden, daß der Wirt von sich aus nicht einen Pieps gesagt hätte.

Stach winkte ihn an den Rand der Theke. Das Licht reichte dort aus, das Foto gut zu betrachten. »War diese Frau schon mal bei Ihnen?«

Der Wirt nahm die Aufnahme mit schwitzenden Fingern, hielt sie näher ans Licht und schüttelte das voluminöse Haupt. »Nee. Kenne ich nicht. Soll das vielleicht die sein, die mit ...«

Stach zog das Foto zurück. »Wenn Sie einen Irrtum ausschließen, bin ich zufrieden.«

Der Wirt wischte die Hände zum wiederholten Male am blauen Schurz ab, warf einen Blick in die Richtung jener Gruppe leitender Angestellter der Strehlitz-Werke, die jedoch von der Theke aus nicht zu sehen waren, schaute Stach an, rang sichtlich mit sich und murmelte: »Also wissen Sie, der Dr. Strehlitz, das war einer meiner besten Kunden. Eine Sauerei, daß der auf diese Art... den Mörder haben Sie noch nicht, was?«

»Nee.«

»Und die Frau, die an dem Abend mit ihm hier war, hat die das vielleicht getan?«

»Nein. Sie könnte lediglich als Zeugin eine Aussage machen, die uns vielleicht an den Mörder heranführt.«

Der Wirt atmete tief aus. »Wenn das so ist! Warum hat sie sich denn nicht gemeldet?«

Stach lächelte. »Es gibt viele Leute, die eine unerklärliche Scheu vor der Polizei haben. Es besteht sogar die Möglichkeit, daß die fragliche Frau gar nicht dabei war, als der Mord geschah. Aber wir möchten es eben genau wissen.«

Der Wirt grinste. »Mensch, Herr Kommissar, Sie und ich, wir sind doch nicht von vorgestern. Der Dr. Strehlitz, das tut ihm jetzt ja nicht mehr weh, der ist doch alle Naselang mit 'ner anderen... aber ich habe nichts gesagt.«

»Wir wissen das bereits. Sie kennen die Frau?«

»Nee.« – Wieder das beharrliche Kopfschütteln. »Nee, kennen tu' ich die nicht. Aber sie ist heute abend hier. Sie sitzt hinten, wo Dr. Albus seine Beförderung feiert. Die Blonde, die mit dem hochgesteckten Haar. Ich habe sie sofort erkannt. 'ne tolle Frau, wenn Sie mich fragen. Aber ich habe nichts gesagt. Ich bleibe doch außen vor?«

»Natürlich. Den Namen wissen Sie nicht?«

»Den habe ich vorhin bei der Begrüßung aufgeschnappt.

Hilpert heißt sie. Ihr Mann ist auch da.«

»Hilpert von den Strehlitz-Werken?«

»Genau.«

»Danke, ich werde Sie zum Bundesverdienstkreuz einreichen.«

»Dafür nicht, bloß keine Umstände.«

Rainer Hilpert brachte gerade einen Toast auf Dr. Albus aus, den der mit der Bemerkung erwiderte, daß ja sicher bald die nächste Fete steigen würde, denn Herr Hilpert stünde ja auf dem Absprungbrett ganz nach oben bereit.

Der Wirt – kein Verräter natürlich, nur ein Informant oder Zeuge – ließ schon wieder kühle Blonde in die Gläser zischen. Er sonnte sich in dem Gefühl, eine gute Tat begangen zu haben. Einen so guten Gast wie Dr. Strehlitz kriegte er womöglich nie wieder, und das war ihm eine Rache wert. Wer weiß, vielleicht steckte das Weib doch hinter dem Mord. In den besseren Kreisen passierten ja die tollsten Sachen, bloß erfuhr das meist keiner, weil die unter den Teppich gekehrt wurden. Das kannte man doch!

10

Sonntagmorgen.

Normalerweise schliefen die Stachs ein, zwei Stunden länger, gewöhnlich wurden sie vom Indianergeheul ihrer Sprößlinge hochgescheucht. Heute war alles anders.

Seit sechs Uhr lag Stach wach, wälzte sich von links nach rechts und konnte das Gedankenkarussell nicht mehr stoppen, das ganz automatisch einsetzte. Renate schlief wie ein Unschuldsengel mit roten Bäckchen. Schließlich kroch er sachte aus dem Bett, duschte, gurgelte sich die Kehle frei und setze die Kaffeemaschine in Gang. Frische Brötchen gab es sonntags nicht, also bereitete er sich Toast zu, aß und trank ohne Appetit und dachte unentwegt an die beiden Leichen.

Im Schnitt enthielt ihre Statistik im Jahr fünf Tötungen. Den letzten Mord hatten sie in der Silvesternacht gehabt, eine Eifersuchtstat, aufgeklärt nach genau fünf Stunden. Überhaupt bereiteten ihnen die Leichen gewöhnlich am wenigsten Kopfzerbrechen, ihre Aufklärungsquote bei Mord stand seit Jahr und Tag unverändert bei hundert Prozent. So intelligent, wie es immer in den Romanen stand, waren die Täter meist gar nicht. Einfach deshalb, weil sich der Täterkreis gewöhnlich von der Motivbündelung her leicht einengen ließ.

Bei Strehlitz war es ohne Frage Deckungsmord gewesen: Der oder die Täter hatten einen Einbruch begangen, waren überrascht worden und hatten sich genötigt gesehen, zur Deckung der relativ leichten Tat des geplanten Raubes den Augenzeugen umzubringen.

War es im Fall Susi Kerner ein Konfliktmord, wie man zunächst schließen konnte? Konflikt gleich Eifersucht?

Nach allem, was Stach über seinen Neffen Ralph wußte, schied das aus. Es fügte sich nicht in das Charakterbild. Gesetzt den Fall – gegen alle Wahrscheinlichkeit –, er war nicht der Täter, mußte der Mörder im sozialen Umfeld Susis gesucht werden. Wer außer Sträter gehörte zu ihrem Bekanntenkreis? Hatte sie, wie Alice und Nelly ausgesagt hatten, viele »Kunden«, besser Freier gehabt? Morde in dem Milieu waren häufig und erfahrungsgemäß schwer aufzuklären. Ein ganz raffinierter Hund hätte die Wohnung auf normalem Wege betreten und durch die Balkontür verlassen können. Aus dem ersten Stock hinunterzuklettern, war ein lösbares Problem.

Nur nicht beweisbar. Es gab nicht die geringsten Spuren, und spurlos zu verschwinden, war noch kaum einem Menschen gelungen.

Stach beendete das Frühstück, kleidete sich unbemerkt an, hinterließ einen Zettel für seine Frau und fuhr zur Dienststelle. KvD war Gert Rengsdorf. Er hatte in der Nacht nur dreimal rausfahren müssen, alles Bagatellen.

»Ach ja«, sagte er, »gestern abend ist das von der KTU gekommen.« Er drückte Stach einen dicken gelben Umschlag in die Hand, den der erst in seinem Büro öffnete.

Die Haarproben jener Dame im Schlafzimmer des Dr. Strehlitz waren mit denen von Susi Kerners Kopf verglichen worden. Nicht identisch. Na bitte!

Die feingeweblichen Magenproben – auch die der Leber und sonstiger Innereien – bei Susi Kerner hatten den sensationellen Befund erbracht, daß sie ein starkes Barbiturat enthielten. Es könne davon ausgegangen werden, war die Schlußfolgerung, daß es sich um ein schnell wirkendes Schlafmittel handelte. Der Anteil des Scopolamin in den Geweben sei nicht vergleichbar mit der im Blut festgestellten Dosierung.

Stach las es dreimal, knurrte grimmig vor sich hin, packte den Bericht in die Schublade und fuhr zum Krankenhaus. Dort, das wußte er aus leidvoller Erfahrung, waren alle Leute Frühaufsteher, auch die Patienten, mochten sie nun wollen oder nicht.

Der Stationsarzt hielt Stach anhand seiner Unterlagen einen langen, sehr gelehrten Vortrag über die Ergebnisse der diversen Untersuchungen, die man an dem Patienten Ralph Thorn vorgenommen hatte. Das Ergebnis der Magenaushebung deckte sich mit dem Magenbefund der toten Susi: ein starkes Barbiturat, mit Sicherheit ein Schlafmittel, hatte er eingenommen. Im Blut ein so hoher Milligrammanteil von Scopolamin, daß man das Überleben des Patienten als kleines Wunder bezeichnen konnte. Jetzt ging es ihm, immer relativ gesehen, schon wieder ganz gut. Gegen seine Vernehmung sei nichts einzuwenden.

Stach fand, daß er den Medizinmännern einiges verdankte, und das brachte er auch zum Ausdruck. »Noch eine Frage«, sagte er mit der Hand auf der Türklinke, »weiß Herr Thorn, wessen er verdächtigt wird?«

»Nicht von uns, Herr Stach.«

»Hat er irgendwelche Äußerungen gemacht, eventuell phantasiert?«

»Nein. Nach der Entgiftung war er, das ist eine typische Nachwirkung des Scopolamin, sehr deprimiert. Das hat sich aber auch schon gebessert.«

»Danke, Herr Doktor.«

Es hätte Ralph ähnlich gesehen, daß er eingerahmt von mindestens zwei knusprigen, taufrischen Karbolmäuschen Schwänke aus dem Leben erzählte, doch so war es nicht. Schon deshalb nicht, weil natürlich jeder auf der Station wußte, daß es sich um einen miesen Gewaltverbrecher handelte, der möglicherweise nach weiteren Opfern Ausschau hielt.

Mutterseelenallein, nur mit einem Polizisten vor der Tür, lag er in einer besseren Abstellkammer, weil die nämlich Gitter vor den Fenstern aufwies, was man bei normalen Patienten denn doch nicht für nötig erachtete, lag in einem immerhin weiß bezogenen Bett am Tropf und hob schwach die rechte Hand, als Stach eintrat. Er wollte sich aufrichten, gab es aber auf, als Stach rief: »Bleib bloß liegen, Ralph. Wie geht's?«

»Belämmert. Würdest du die große Güte haben und mir verraten, wie ich in diese elende Bude komme? Ich bin zwar bloß Kassenpatient, aber daß es um unsere Krankenhäuser so beschissen bestellt ist, habe ich nicht gewußt.«

Wenn auch widerwillig, drückte Stach ihm die Hand und nahm auf einem ausrangierten Stuhl Platz, der erheblich knirschte und wackelte. »Tja«, sagte er, »das wollte ich eigentlich *dich* fragen – wieso du hier liegst.«

Ralphs Augen blickten noch trübe, aber auch ratlos. »Keine Ahnung. Du kannst mich totschlagen, aber ich weiß es nicht.«

»Na schön. Also der Reihe nach. Du warst bei uns und hast Renate die schönen Blumen gebracht. Du wolltest nicht bleiben. Warum eigentlich nicht?«

»Ach Mensch, Kurt, frag doch nicht so dämlich. Denkste, ich weiß nicht, daß du mich nicht riechen kannst? Außerdem hatte ich ein Mädchen dabei.«

»Aha.«

»Nichts aha. Sag mal, ihr müßt mich doch in Susis Wohnung aufgelesen haben – oder wo sonst?«

»Susi heißt sie also.« Stach ließ sich auf keine Gegenfrage ein. Wenn Ralph es getan hatte, mußte er sich früher oder später verraten. »Ein hübsches Kind. Ich hab' sie im Wagen sitzen sehen. Kennst du sie schon länger?«

»Seit ewigen Zeiten. Bloß hatten wir uns lange nicht gesehen.«

»Und das mußte gefeiert werden. Das Wiedersehen, meine ich.«

Ralph schloß die Augen, seine Stimme wurde leiser. »Ich denke schon die ganze Zeit darüber nach, wie das war. Ich kriege das nicht in die Reihe. Susi hat die Whiskyflasche hergeholt ... nein, zuerst hat sie mir die Zeitung gezeigt. Eine Anzeige.«

»Was für eine Anzeige?«

Ralph starrte Stach an. »Das ist ein dicker Hund, ein Fall für dich. Sie hat nämlich Anrufe gekriegt, unanständige Angebote von Männern.«

»Nanu!«

»Sie war schon während der ganzen Fahrt so komisch. Angst hatte sie, richtige Angst. Diese Anzeige mit ihrer Telefonnummer ... darin stand, daß sie als Fotomodell ihre Dienste ... verstehst du?«

»Ich bin ja nicht von vorgestern, Ralph. Das ist doch heutzutage ganz normal. In dem Job wird ungeheuer Kies verdient. Deine alte ehemalige Freundin Susi ist also eine Gunstgewerblerin.«

»Nein, nein, eben nicht! Das hat sie doch so aufgeregt! Drei oder vier Tage vorher hatte sie rausgekriegt, daß die Frauen neben ihr damit ihr Geld verdienen. Die Telefonnummer hat sie vom Vorbesitzer übernommen, und das war keine Frau, sondern ein Barmixer. Sie hat keine Ahnung, wer die Anzeige in die Zeitung gesetzt hat. Hör mal, du bist doch ein Bul... ein Kripomensch und kein schlechter. Da muß doch was getan werden, daß ein harmloses Mädchen nicht...«

Stach nickte gedankenvoll. »Da hast du recht. Ich werde dem nachgehen, ganz bestimmt. Also sie zeigte dir die Anzeige, und dann?«

Schweißtropfen perlten über Ralphs Stirn, es strengte ihn sehr an, weil er sich so aufregte. »Wir haben Whisky getrunken. Susi wollte mir unbedingt erzählen, weshalb sie Angst hatte und wovor.«

»Hm. Und wovor hatte sie Angst?«

Ralph schwieg. Er starrte zur Decke, wandte den Kopf von links nach rechts und wieder zurück. »Da ist ein Loch, ein großes schwarzes Loch. Wo ist Susi? Frag Susi! Sie muß doch wissen, was...« Plötzlich richtete er sich auf. »Wieso liege ich in so einer Bude, Kurt? Was ist passiert? Der Arzt redet keinen Ton mit mir, eine Schwester habe ich noch nicht zu sehen gekriegt, da stimmt doch was nicht! Wieso bist du der erste an meinem Bett?«

»Immerhin sind wir verwandt«, log Stach. »Susi hat dir also nicht gesagt, wovor sie Angst hatte? Ihr wart im Wohnzimmer? Oder...«

»Wo sonst? Wir waren doch gerade zur Tür reingekommen. Kurt, was ist mit Susi?«

Stach lächelte. »Nun reg dich mal nicht auf. Diese Geschichte ist so merkwürdig, daß sie mich als Kriminaler zu interessieren beginnt.«

»Habt ihr mich etwa da im Wohnzimmer gefunden? Hat Susi euch alarmiert.«

»Nein. Die Nachbarin hat angerufen. Ich habe da noch ein paar Fragen, Ralph. Was ist eine Beretta?«

»Keine Ahnung. Beretta? Das klingt italienisch oder spanisch. So wie Pizza oder Paella.«

Stach ließ ihn nicht aus den Augen. »Was weißt du über Scopolamin?«

»Kenne ich nicht. Das heißt, gehört habe ich das schon mal. Ein Medikament?«

»Hast du bei Susi eine Spritze gesehen?«

»Eine was?«

»Eine Rekordspritze. Wie Fixer sie benutzen.«

»Quatsch! Moment! Willst du etwa sagen, daß Susi süchtig ... ach was. Die fixt so wenig wie du oder ich. Was soll das alles? Warum sagst du mir nicht endlich, was gespielt wird?«

Stach suchte nach einer verräterischen Regung in Ralphs Gesicht, er las nur Ratlosigkeit und dumpfes Fragen darin. Konnte ein Mensch so gut schauspielern?

»Scopolamin«, sagte er, »ist ein – allerdings kaum benutztes – Rauschmittel. Soll Hexenwahn erzeugen. Halluzinationen. Sagt es dir jetzt etwas?«

»Nee. Mir kommt es vor, als hätte ich im Augenblick eine Halluzination. Du bist mir nämlich noch viel fremder als sonst.«

»Tut mir leid. Eine Beretta ist eine italienische Pistole. Erinnerst du dich jetzt?«

»Ach ja. Ich glaube, in einem Krimi war mal die Rede davon. Himmel, warum sprichst du in Kreuzworträtseln?«

Stach schwieg lange. Jetzt war es Ralph, der ihn anstarrte, der plötzlich rief: »Mit der Pistole hat es doch was auf sich! Warum sprichst du nicht weiter?«

»Ralph, bis jetzt habe ich als dein Verwandter mit dir gesprochen, weil ich hoffte, du würdest mich dann eher weiterbringen. Jetzt spreche ich als Hauptkommissar und mache dich pflichtgemäß darauf aufmerksam, daß alles, was du sagst, gegen dich verwendet werden kann und daß du folglich zu keiner Aussage verpflichet bist.«

»Waaaas? Sag mal, bist du übergeschnappt?«

»Ich frage dich, hast du Susi Kerner umgebracht?«

Es war der harte Weg, denn inzwischen war Stach fest überzeugt – mit dem Rest des immer noch gebotenen Zweifels –, daß Ralph nicht der Täter war oder, wenn er doch die Schüsse abgefeuert hatte, dann in einem Zustand geistiger Unzurechnungsfähigkeit, nämlich unter dem Einfluß des Scopolamins.

»Susi?« stöhnte Ralph. »Susi soll tot sein?«

»Ja. Und da wir dich bei ihr gefunden haben . . .«

». . . bin ich für dich der Mörder. Mein Gott! Das traust du mir zu? Du glaubst, ich wäre fähig, einen Menschen, noch dazu Susi, umzubringen?«

»Ich glaube gar nichts. Ich will die Wahrheit herausfinden. Hast du es getan?« Er sagte nicht, auf welche Art die Frau getötet worden war, auch nicht, in welcher Verfassung sie die beiden im Schlafzimmer vorgefunden hatten. Das Wie und Wann und Wo mußte immer der Täter selbst sagen, wenn er geständnisfreudig wurde.

»Von mir kriegst du keine Antwort. Du bist wirklich das letzte. Hau ab, du Bulle!«

Stach erhob sich. »Es war ein bißchen viel fürs erste Mal. Denk über alles nach, Ralph. Jede winzige Kleinigkeit kann von Bedeutung sein. Erinnerst du dich zum Beispiel, ob Susi die Wohnungstür abgeschlossen hat? Ist der Schlüssel stecken geblieben?«

»Geh zum Teufel!«

»Dahin wirst du kommen, wenn du mir nicht vertraust. Glaubst du Idiot, es wäre ein Spaß für deine Familie, also auch für Renate und mich, dich als Mörder vor Gericht zu sehen?

Denk auch darüber nach! Ich wünsche dir gute Besserung.«

Als Stach von der Tür noch mal zurückschaute, lag Ralph Thorn wie der Tod da, das Gesicht beinahe schon wie eine Totenmaske. Fast tat er ihm leid.

Richter Meermann empfing Hauptkommissar Stach, nach vorherigem Anruf, um zehn Uhr an diesem Vormittag. Sowohl im ungeklärten Mordfall Strehlitz als auch im anscheinend klaren Fall Kerner war er zuständig für die Ermittlungen und hatte deshalb auch den Obduktionen beigewohnt. Stach kannte ihn als umgänglichen Mann, der die Paragraphen nicht stur und sehr eng auslegte, vorausgesetzt, daß ihm stichfeste Argumente vorgelegt wurden.

Als erstes überreichte Meermann den Haftbefehl, ausgestellt auf Ralph Thorn. »Ich habe ihn nach Wertung der Indizien unterschrieben, Herr Stach. Stimmt es, daß dieser junge Mann mit Ihnen verwandt ist?«

»Ja.« Stach verschwieg, daß er Ralph soeben vernommen hatte. Im Grunde war es kein Verhör gewesen, eher ein verwandtschaftliches Gespräch, das wie so oft mit einem Mißklang geendet hatte. Er würde darüber kein Protokoll anfertigen, weil es streng genommen von seiner Seite aus unter rein subjektivem Gesichtspunkt geführt worden war.

»Schlimm, schlimm«, nickte Meermann. »Tut mir leid für Sie. Er liegt noch im Krankenhaus?«

»Bis auf weiteres, Herr Meermann. Die Ärzte können noch nicht verbindlich sagen, wann er in die Zelle zu entlassen ist.«

»Sehen Sie einen Tatzusammenhang zwischen den beiden Mordfällen? Ich meine, im Hinblick darauf, daß der Mercedes des Dr. Strehlitz ausgerechnet vor dem Apartmenthaus gefunden wurde, in dem der zweite Mord sich abspielte?«

»Kaum. Ich hoffe, in Kürze darüber Aufschluß zu bekommen. Die im Bett des toten Strehlitz gesicherten Frauenhaare sind nicht identisch mit denen der ermordeten Susi Kerner.«

»Nicht? Das überrascht mich.«

»Mir ist eine glaubwürdige Information zugegangen über eine Dame, die zumindest den Abend vor dem Mord mit Strehlitz verbracht hat. Ich würde sie gern vernehmen.«

»Und warum tun Sie es nicht?«

»Es stellen sich zwei Probleme, Herr Meermann. Erstens ist sie verheiratet und gehört zweitens zu den sogenannten besseren Kreisen.«

»Oh, Sie haben deshalb Skrupel? Mein Lieber, Sie enttäuschen mich. Sie wollen doch wohl nicht jenen Kriminologen recht geben, die der Theorie anhängen, daß bei uns die Unterprivilegierten leichter und schneller eingelocht werden als Höhergestellte!«

Stach winkte lächelnd ab. »Durchaus nicht. Sie wissen, daß ich ungern spekuliere, doch in diesem Fall erlauben Sie es mir bitte.«

»Na, Sie machen mich neugierig.«

»Sie werden sich erinnern, daß bei Strehlitz zwei äußerst wertvolle Gemälde und eine Madonnenfigur geraubt worden sind. Ferner wurde der Safe ausgeräumt. Er enthielt Schmuckstücke und einen Geldbetrag in unbestimmter Höhe. Neben dem leeren Safe aber stand ein äußerst wertvolles Gemälde, ein Lovis Corinth.«

»Richtig. Erstaunlich, daß die Täter es nicht haben mitgehen lassen.«

»Genau da setzt meine Spekulation ein! Der Safe ist mit dem Schlüssel geöffnet worden, den Strehlitz laut Aussage seiner Frau ständig in seinem Anzug bei sich gehabt hat. Er trug aber über dem Schlafanzug einen Bademantel, und die Täter sind mit an Sicherheit grenzender Wahrscheinlichkeit sofort nach dem Mord geflohen.«

Meermann wirkte sehr konzentriert und interessiert. Wer so lange als Richter den Vorsitz in unzähligen Verhandlungen geführt hatte, wußte Wesentliches von Unwichtigem zu trennen und den Kern zu erkennen. »Sie glauben, daß die Frau den Safe geleert hat? Also gewissermaßen Beischlafdiebstahl?«

»Sagen wir, sie hat äußerst kaltblütig eine Chance wahrgenommen. Verlangen Sie bitte keine Erklärung von mir, warum sie das getan hat. Ich weiß nichts über sie und ihren Charakter.«

»Hm. Eine etwas kühne These, finden Sie nicht?«

»Zugegeben. Ich hoffe, daß ich die Dame über den Haarvergleichstest und eventuell über gesicherte Fingerabdrücke festnageln kann. Das braucht Zeit, die sie mit Sicherheit nutzen würde, um das Diebesgut verschwinden zu lassen.«

»Also ein Durchsuchungsbefehl. Und das aufgrund eines vagen Hinweises ...«

»Sie hat mit Strehlitz exklusiv gespeist. Das scheinen bei ihm die üblichen Präliminarien zu Intimitäten gewesen zu sein.«

Meermann rang mit sich. »Der Name?«

»Barbara Hilpert, verheiratet mit Rainer Hilpert, der zum Management der Strehlitz-Werke gehört.«

»Himmel!«

»Herr Meermann, jetzt muß *ich* Sie an die Theorie erinnern, daß die Unterprivilegierten ...«

»Geschenkt! Ich würde bei der Frau eines Gelegenheitsarbeiters nicht zögern, also kriegen Sie auch in diesem Fall den Durchsuchungsbefehl. Aber wenn Sie auf dem Bauch landen, kann es unangenehm werden. Für Sie und mich!«

»Das Leben ist voller Risiken, Herr Amtsgerichtsrat.«

»Mensch, werden Sie nicht dienstlich!«

Stach zog mit dem bedeutungsschweren Stück Papier ab.

11

Sonntags pflegten die Hilperts, wie viele Menschen, bis in die Puppen zu schlafen und sich statt eines Mittagessens mit einem ausgedehnten Frühstück zu begnügen. Früher waren diese Stunden im Bett für beide eine höchst vergnügliche Angelegenheit gewesen, ein lustvolles Spiel mit immer neuen Varianten. Früher – das lag nicht lange zurück, höchstens ein paar Wochen. Dann kam die Sache mit Strehlitz, und alles veränderte sich.

Seit Wochen schon reagierte Barbara wie eine frigide Ziege, und als Rainer an diesem Morgen einen entschiedeneren Vorstoß unternahm, der – Ehe hin, Ehe her – einer versuchten Vergewaltigung nahekam, brüllte sie ihn in so jähem Zorn an, daß jedes Lustgefühl erstarb.

»Du mieses Stück!« schrie sie. »Glaubst du, ich bin eine von den Nutten, die ihren Körper verkaufen? Das hast du doch von mir verlangt. Na schön! Du kannst es haben. Blättere hundert Mark hin. Oder kann ich zweihundert verlangen? Bin ich so attraktiv, daß ich zweihundert nehmen darf?«

Er kroch in seine Hälfte des Bettes zurück, beleidigt, schockiert, in seiner männlichen Eitelkeit verletzt. Abends zuvor, in der Hubertusklause, hatte sie noch die liebende und liebevolle Gattin gespielt, das Biest. Und jetzt . . .

Beim Frühstück saßen sie sich gegenüber wie zwei feindliche Feldherren, die über Schlachtplänen brüten. Barbara trug ihr transparentes Negligé, der Morgenmantel klaffte über ihrem immer noch makellosen Busen auseinander. Sie wollte ihn reizen wie Judith damals den Holofernes, aber nicht mit ihm! Er würde sich schon ein Ventil für seine gekränkte Mannesehre beschaffen.

Als es läutete, rührte sich zunächst keiner. Schließlich, nach dem dritten Mal, erhob er sich, warf die zerknüllte

Serviette auf den Tisch und stelzte hocherhobenen Hauptes zur Tür.

»Kripo«, sagte der wenig über mittelgroße, drahtig wirkende Mann, und Hilperts Herz rutschte sekundenschnell in die Hose. »Hauptkommissar Stach. Das ist meine Kollegin, Frau Rückert.«

Hilpert war selten so verblüfft gewesen, sein Gedankenkarussell rotierte. Alles ist aus, dachte er. Strehlitz, das Schwein, hat mich aufs Kreuz gelegt. Und warum? Bloß weil Barbara nicht getan hatte, was jede liebende Ehefrau für ihren Mann getan hätte.

»Ja... ja bitte«, stotterte er. »Ich verstehe nicht. Mein Name ist Hilpert.«

»Richtig.« Stach lächelte und deutete aufs Namensschild neben der Tür. »Wir haben es gelesen. Ist es möglich, Ihre Frau zu sprechen?«

Bis zu diesem Augenblick hatte Hilpert nicht gewußt, was Herzrhythmusstörungen sind. Die Pumpe in seiner Brust – oder der faustgroße Muskel – hakte einen Takt aus und setzte jetzt mit dem Gewicht eines Vorschlaghammers wieder ein. »Wenn Sie mir bitte erklären würden...« Es mußte ein Fremder sein, der an seiner Stelle sprach. Seine Stimme konnte nicht so verrostet klingen.

»Wenn Sie erlauben, besprechen wir das mit Ihrer Frau.« Das ließ keinen Widerspruch zu. Hilpert gab die Schwelle frei und wußte nicht, ob er nun dem Fegefeuer entronnen war. Was wollten sie von Barbara? Sie hatte doch gesagt, daß sie nicht mit Strehlitz...

Er ging voran ins Wohnzimmer. »Barbara, Liebling, stell dir vor...«

Barbara war nicht da. Er rief nach ihr und bekam Antwort aus dem Schlafzimmer. Lächelnd und jetzt völlig gefaßt wandte er sich an Stach. »Verzeihung, meine Frau war noch nicht angekleidet. Wie Sie sehen, saßen wir gerade beim

Frühstück und ... wenn Sie bitte Platz nehmen wollen.«

Sie nahmen Platz. Hilpert, jetzt äußerlich nicht die Spur mehr nervös, sondern ganz Mann von Welt, bot Zigaretten an und einen harten Drink, bekam aber einen Korb. Nach einer, wie er meinte, geziemenden Weile entschuldigte er sich und ging zu Barbara ins Schlafzimmer.

»Was kann das bedeuten?« raunte er. »Die Kripo will dich sprechen.«

»So?« Sie saß angekleidet vor dem Spiegel und bürstete ihr Haar. Ihre Stimme klang nicht die Spur verändert. Vielleicht sind Frauen doch die besseren, die geborenen Schauspieler, dachte er.

»Ist das alles? Was kann das bedeuten? Warst du etwa doch bei Strehlitz?«

»Nein!« Das klang so scharf wie das Zuschnappen einer Rattenfalle. Er wurde nicht klug aus ihr. Sie war nicht mehr die Barbara, die er vor Jahren geheiratet hatte und zu kennen glaubte wie das Verkaufsprogramm der Strehlitz-Werke.

»Verdammt, ich wollte, ich hätte dir nie etwas von meinen Sorgen erzählt.«

»O ja, das wäre besser gewesen. Laß mich allein.«

Er kehrte lächelnd ins Wohnzimmer zurück und sagte: »Einen Augenblick bitte noch. Sie wissen ja, wenn eine Frau sich schön macht ...«

»Wir haben Zeit«, entgegnete Stach, trat ans Fenster und bewunderte die Terrasse, den Garten und den Rundblick.

Natürlich sprachen sie mit Barbara Hilpert nicht in Gegenwart ihres Mannes. Er spazierte derweil durch den Garten, tat so, als interessiere er sich für jede einzelne Blüte, für jeden Grashalm, jedes Blatt. Innerlich zitterte er und war ratlos.

»Gnädige Frau ...« begann Stach und ließ keinen Blick von Barbara, die ein fliederfarbenes Kleid trug mit dezentem Ausschnitt, aber figurbetont. Er konnte verstehen, daß ein

Kenner wie Strehlitz auf sie geflogen war. Konnte hingegen nicht verstehen, wie eine verheiratete Frau mit einem Mann in bester Position sich auf ein solches Abenteuer einlassen konnte. Aber wer konnte schon hinter die Fassade der Wohlanständigkeit blicken ...

»... gnädige Frau, Sie haben am Mittwochabend mit Dr. Strehlitz gespeist. Ist das richtig?«

Sie zog die Augenbrauen in die Höhe. »War das am Mittwoch?«

»In der Hubertusklause. Dr. Strehlitz aß unter anderem ein Filet mit Artischocken und ...«

»Ach ja. Das war Mittwoch?«

»In der Nacht wurde Dr. Strehlitz ermordet. Hilft das Ihrer Erinnerung?«

»O ja, natürlich. Es war so ein netter ungezwungener Abend, wissen Sie. Dr. Strehlitz brachte mich kurz nach zehn – ich meine zweiundzwanzig – Uhr nach Haus. Schrecklich, daß er ...«

»Wir haben«, fuhr Stach ihr ungerührt in die Parade, während Dagmar Rückert die Vernehmung protokollierte, »im Hause Strehlitz Spuren sichern können, die darauf hindeuten, daß er die Nacht nicht allein verbrachte.«

Die Empörung gelang Barbara Hilpert nicht ganz so gut. »Sie wollen doch nicht etwa behaupten, daß ich ...«

»Wir würden das gern von Ihnen hören, gnädige Frau. Natürlich stehen Sie nicht unter Mordverdacht. Vielmehr möchten wir durch Ihre Aussage versuchen, eine Spur zu den Tätern zu finden.«

»Herr Stach, wie ich soeben schon sagte, hat Dr. Strehlitz mich nach Hause gebracht. Wenn wirklich jemand bei ihm war, dann muß er diese Person später abgeholt haben.«

»Halten Sie das für realistisch? Über Tote nichts Schlechtes, aber da wir unter uns sind, erläutere ich Ihnen gern die Art und Weise, in der Dr. Strehlitz seine Amouren ...«

»Kein Wort weiter! Was glauben Sie denn, wo Sie sind, mit wem Sie sprechen?«

Stach seufzte. »Nun gut. Dann erkläre ich Ihnen jetzt unsere modernen Ermittlungsmethoden. Wir haben im Bett des Dr. Strehlitz Frauenhaare gesichert. Blonde Haare, sowohl vom Kopf als auch von der Scham. Wir werden von Ihnen jetzt ebenfalls Haare erbitten und sie in einem gar nicht mal komplizierten, aber tödlich sicheren Verfahren mit den anderen vergleichen lassen. Ferner werden wir Ihre Fingerabdrücke nehmen und sie mit denen vergleichen, die wir im Schlafzimmer des Toten sichern konnten. Bevor wir zu dieser Prozedur schreiten, gebe ich Ihnen die Gelegenheit, Ihre Aussage zu korrigieren. Bitte.«

Er sagte das sehr konziliant, sehr höflich, aber ohne jede Spur von Freundlichkeit. Barbara überlegte fieberhaft. Gab es das, daß nur wegen ein paar blonder Haare ein Mensch in die Mühle der Justiz geraten konnte? Nein, das war ein Bluff.

Sie fand ein Lächeln, von dem sie hoffte, daß es Überlegenheit ausdrückte. »Aber, aber! Fragen Sie doch einfach meinen Mann, wann ich am Mittwoch zu Hause war! Er wird Ihnen bestätigen, daß ich kurz nach zehn angekommen bin. Er war gerade von einer Geschäftsreise zurückgekehrt.«

Stach spürte, daß Dagmar Rückert ihn anblickte. Einen Augenblick wurde er schwankend und dachte an die Verhältnismäßigkeit der Mittel, jenen Grundsatz polizeilicher Ermittlungen: Steht das, was du tust oder veranlassen willst, im rechten Verhältnis zum zu erwartenden Ergebnis?

Es ging um Mord, und da hatte er noch immer die Handschuhe ausgezogen.

»Wir werden«, sagte er, »Ihren Mann nicht zu einer möglichen Falschaussage verleiten. Es tut mir leid, daß Sie uns zu Maßnahmen zwingen, die wir gern vermieden hätten. Hier ist ein richterlicher Durchsuchungsbefehl. Sie stehen unter dem dringenden Verdacht, aus dem Haus Strehlitz einige wertvolle Dinge entwendet zu haben.«

Nicht, daß der Boden unter Barbara Hilpert schwankte. Sie war sprachlos, wie betäubt, nahm in einer puren Reflexbewegung den bedruckten und unterschriebenen Wisch entgegen und starrte darauf, ohne ein Wort zu sehen oder gar zu begreifen.

Dagmar Rückert stand auf, steckte ihren Block ein und den Bleistift und schaute Stach fragend an. »Wo beginnen wir?«

Er lächelte dünn, seine Augen glitzerten. »Im Schlafzimmer. Ich nehme an, dort werden wir auch Haare der gnädigen Frau finden, ohne ihren Kopfschmuck dezimieren zu müssen.«

Barbara wollte aufspringen, wollte schreien, wollte irgend etwas tun. Sie saß wie angenagelt. Erst als Stach sagte: »Bitte, kommen Sie mit!« folgte sie auf wankenden Beinen.

Stach fand die Stahlkassette etwa eine halbe Stunde später, zu einem Zeitpunkt, als Barbara schon beinahe sicher war, sie würden sie nicht entdecken. Da ein hübsches Fell vor dem Bett ausgebreitet war, legte Stach sich gar nicht mal ungern auf den Bauch. Er zog das Kästchen hervor, kam wieder auf die Füße und sagte: »Der Schlüssel?«

Barbaras Lippen wurden weiß. Sie schüttelte wild den Kopf. Stach erinnerte sich, in ihrer längst durchsuchten Krokotasche einige Schlüssel gesehen zu haben. Der richtige war darunter.

Die zehntausend Mark in der Kassette interessierten ihn weniger, es würde kaum nachzuweisen sein, daß sie aus dem Safe stammten. Aber der Schmuck ließ sich nach der Beschreibung von Frau Strehlitz leicht und einwandfrei identifizieren. Ja, und dann lagen da noch einige Schriftstücke, die schon nach flüchtigem Überlesen das Motiv deutlich machten: Unterschleife des Herrn Gemahls zum Nachteil der Strehlitz-Werke.

Barbara sagte immer noch nichts, auch nicht, als Stach die

Pistole aus der Kassette nahm, sie in der Hand wog und die Frau starr anschaute. »Nun?«

Sie hielt dem Blick nicht stand. »Wenn ...«, flüsterte sie, »wenn ich alles sage, komme ich dann an einem Strafverfahren vorbei?«

»Ich bin nicht der Richter und kann keine Versprechungen machen. Da diese Dinge der Eigentümerin wieder überstellt werden können, mag es sein, daß diese von einer Strafanzeige absieht. Die belastenden Papiere allerdings werden Ihren Mann wohl die Stellung kosten – und einiges mehr.«

»Das ist mir egal! Er hat mich dazu getrieben! Ich mußte mit Strehlitz ... mit ihm ins Bett, um das Belastungsmaterial von ihm zu bekommen.«

Fast hatte Stach sich das gedacht. Er trat an die Frisiertoilette, griff nach einem Stielkamm und tütete die blonden Haare ein, die Barbara nicht entfernt hatte. »Gehen wir.«

»Ich auch? Bin ich etwa verhaftet?«

»Nein. In meinem Büro werden wir in Ruhe das Ganze protokollieren.«

Daß auch Rainer Hilpert mitfahren mußte, begriff er nicht. Ihm begann nur zu dämmern, daß die Karre im Sumpf steckte.

Sie sagte alles ohne jede Beschönigung. Selten hatte Stach einem geständnisfreudigeren Angeschuldigten gegenübergesessen. Im Grunde war sie mehr Opfer als Täter, aber das zu entscheiden, war nicht seine Sache. Er hatte die Fakten fein säuberlich zu Papier zu bringen.

Über die beiden Einbrecher, von denen einer zum Mörder geworden war, konnte sie nichts aussagen. Sie hatte lediglich die Stimme des einen gehört. Vielleicht, so meinte sie, könne sie sie wiedererkennen.

»Was hat er gesagt?« bohrte Stach. »Erinnern Sie sich an den genauen Wortlaut?«

»Ich glaube ja. Er sagte etwa: ›Das wurde auch höchste Zeit, Mensch! Wo kommt der Alte denn her? Ich denke, der ist in Brüssel?‹ Ich glaube, das waren ziemlich genau die Worte.«

»Sprach der Mann Dialekt?«

»Ich weiß nicht recht – ich meine, so wie in der Kölner Gegend gesprochen wird. Ein bißchen verwaschen, jedenfalls kein klares Hochdeutsch.«

»Kein ausländischer Akzent?«

»Nein.«

»Der andere Mann sagte gar nichts?«

»Kein einziges Wort. Allerdings bin ich gleich ins Bad geflüchtet. Und später, als sie weg waren ...«

Sie hatte zu klarer Überlegung zurückgefunden und trotz anfänglicher Panik die Kraft gefunden, den Safe zu öffnen. Sie hatte nur die Unterlagen mitnehmen wollen, doch dann geglaubt, der Diebstahl würde den Einbrechern und Mördern angelastet. »Es war verrückt«, murmelte sie, »das weiß ich jetzt. Aber in der Situation ...«

Na, dachte Stach, du hast dich kaltschnäuziger benommen als die Profis, die beim Anblick der Leiche getürmt sind.

»Der Mercedes«, hakte er weiter nach.

Sie zuckte mit den Achseln. »Zu Fuß wollte ich nicht weg. In der Nähe unseres Hauses konnte ich ihn auch nicht abstellen. Da fielen mir die Apartments ein, in denen ja ein paar Hostessen oder Masseusen arbeiten sollen. Ich dachte, vielleicht fiele ein Verdacht auf eine von ihnen.«

»So war es.«

Und damit war das letzte Verbindungsglied zwischen den beiden Mordfällen Strehlitz und Kerner endgültig geknüpft oder vielmehr gekappt.

Kommissarin Rückert, auch um einen Teil des Sonntags betrogen, tippte die Protokolle – denn natürlich hatten sie auch Rainer Hilpert zur Sache gehört – nach dem Essen. Nachmittags um drei aß Stach zu Haus aufgewärmten Schmorbraten, trank drei Tassen Kaffee hinterher und erzählte seiner Frau nur ein paar Bruchstücke von dem Gespräch mit Ralph. »Er ist bockig wie eh und je, der Idiot«, murrte er. »Aber ich bringe ihn noch auf Vordermann, verlaß dich drauf.«

»Glaubst du immer noch an seine Schuld?«

»Sagen wir so, Schatz, mir sind zwei bis drei Zweifel gekommen. Paß auf, mach du einen Bummel mit den Kindern, ja? Ich muß noch mal los. Es kann spät werden.«

Kein Wort der Widerrede, natürlich schon deshalb nicht, weil Renate den Schandfleck der Familie reingewaschen wissen wollte. Stach kletterte wieder in den Dienstwagen und fuhr nach Dickhausen, zu Herrn Sträter. Der saß in der Hollywoodschaukel und genoß die spärlichen Sonnenstrahlen, begleitete Stach aber gleich ins Haus, in die imposante Halle.

Stach ließ sich durch die Kunstsammlung nicht blenden. Das meiste war, wie er schnell entdeckte, jener kunstgewerbliche Kitsch, von dem Antiquitätenhändler nicht schlecht leben. Aber es gab auch einige interessante Stücke. Eine chinesische Vase zum Beispiel hatte es ihm gleich angetan. Ming-Dynastie, unter Brüdern mindestens zweitausend Mark wert.

Er wog sie in der Hand, hielt sie gegen das Licht und verliebte sich immer mehr in das Stück, das leider für seinen Geldbeutel unerschwinglich war. »Nicht schlecht. Verkaufen Sie sie?«

»Oh, Sie sind interessiert, Herr Stach?« Der silberbärtige Sträter nahm sie ihm aus der Hand, als er sie wegstellen wollte. »Was würden Sie denn anlegen?«

Stach ließ seine Zunge gern mal vom Teufel reiten. »Einen Hunderter könnte ich riskieren.«

»Aber Herr Stach! Sie hat mich mehr als das Doppelte gekostet. Sagen wir dreihundert.«

Dafür war sie geschenkt. Das bedeutete entweder, daß Sträter sich in dem Sammelsurium nicht mehr zurechtfand oder daß er kein Kenner war. Vielleicht hatte er das kostbare Stück wirklich zu einem Schandpreis erworben.

»Dreihundert?« Stach tat, als denke er nach. »Ganz schön happig. Soviel habe ich auch gar nicht bei mir.«

»Macht nichts. Ein Hauptkommissar wird mich doch nicht beschubsen! Darf ich sie Ihnen einpacken?«

»Na schön. Aber wenn meine Frau mir die Ohren abreißt, bringe ich sie zurück!«

»Natürlich.«

Während Sträter die Vase sorgsam in einen Karton packte, den er verschnürte, schaute Stach sich um. Sträter kam ihm nervös vor, gar nicht so ausgeglichen, wie Peter Graff ihn beschrieben hatte.

»Sie waren lange im Ausland, hörte ich?« fragte er.

»Allerdings.«

»Wo?«

»Im vorderen Orient. Die meiste Zeit in Beirut, dann in Kairo. Ich bin froh, daß ich noch aus dem Libanon herausgekommen bin, ehe der Schlamassel losging.«

»Das kann ich Ihnen nachfühlen.«

Stach wunderte sich über die vielen Madonnenfiguren. Die meisten waren kaum das Holz wert, aus dem Zeitgenossen sie geschnitzt hatten. Andere hätten schon der Expertise eines Kenners bedurft, den Wert zu taxieren.

»Sie waren bei Helga«, warf Stach hin.

»Ja, allerdings.« Sträter hatte den Karton fertig verschnürt. »Sie hat mich leider nicht empfangen.«

»Warum nicht?«

»Das kann ich Ihnen beim besten Willen nicht beantworten. Ich habe sie stets gastlich bei mir aufgenommen, ihr

Taschengeld aufgebessert und ... nun, ich kann mir nur denken, daß Susi ihr verboten hat, mit mir zu sprechen.«

»Sie ist nach einem Streit bei Ihnen weggegangen?«

»Susi? Ich würde es nicht Streit nennen. Meinungsverschiedenheiten. Der Altersunterschied machte sich eben doch bemerkbar. Ich nehme an, sie hat sich von dem jungen Mann beeinflussen lassen.«

»Haben Sie ihr das Apartment verschafft?«

»Nein. Ich sagte schon Ihrem Kollegen ...«

»Ach ja, habe ich glatt verschwitzt! Rotermund war's, nicht wahr?«

»Das weiß ich auch nicht. Wenn er wirklich Susi irgendwie eingewickelt hat, vielleicht sogar unter Vorspiegelungen ... haben Sie ihn denn noch nicht gefragt? Ich würde es nur zu gern wissen. Dann kommt er mir nie mehr über die Schwelle!«

Stach stellte noch viele Kreuz- und Querfragen über Susi Kerner und bekam, wie nicht anders zu erwarten, ein Loblied zu hören. Mit der einzigen Einschränkung, daß Sträter eine gewisse leichtsinnige Ader an ihr entdeckt haben wollte. Weiter brachte ihn das Gespräch nicht. Er konnte froh sein, daß er zu einem unglaublich günstigen Preis an eine echte China-Vase gekommen war.

Sträter schaute Stachs Wagen nach, bis er hinter den Bäumen verschwunden war. Dieser Besuch hatte ihn sehr nachdenklich gemacht. Er schloß die Haustür sorgsam ab und überlegte eine Weile, ehe er zum Telefon ging.

»Sträter«, sagte er, als der Teilnehmer sich meldete. »Hören Sie gut zu! Ich lege keinen Wert mehr auf Geschäftsbesuche von Ihrer Seite. In Kürze werde ich verreisen. Nach meiner Rückkehr werden wir sehen, wie die Dinge sich gestalten.«

Er hängte ein, ohne die erregte Antwort abzuwarten, rieb sich selbstgefällig die Hände und ging in den Keller. Der beherbergte nicht nur den Swimmingpool, sondern hinter den wohlsortierten Weinregalen, die sich an einer Wand leicht beiseite schieben ließen, eine Tresortür, die er mit zwei vielgezackten Schlüsseln und nach Drehen des Schwungrades öffnete. Er knipste zwei Schalter an, und gleißendes Neonlicht ergoß sich über die Kunstschätze. Die Madonnenfigur vorn rechts hatte einen Katalogwert von mehr als zwanzigtausend, der Degas und der Manet waren viel, viel höher anzusetzen.

Vor wenigen Tagen hatten sie noch die Halle des Dr. Strehlitz geziert. Und die vielen anderen Gemälde, Skulpturen, Grafiken, die Münzsammlungen und Antiquitäten hätten die Herzen vieler Sammler höher schlagen lassen. Sie repräsentierten einen Wert von Millionen.

12

Die Idee kam Stach unterwegs, als er noch über das Erscheinungsbild Sträters nachdachte. Er wirkte wie eine hochachtbare Persönlichkeit, und doch fehlte etwas. Daß er Kontakt zu Rotermund hatte, mußte nicht unbedingt gegen ihn sprechen. Schließlich verkaufte er vieles von dem Schund, den er angehäuft hatte. Aber daß er überhaupt solchen Kitsch in seinem Hause repräsentierte, fügte sich nicht in das Bild eines saturierten und seriösen Geschäftsmannes.

Er hatte früher in Beirut gelebt, dann in Kairo. Nachprüfbar war das nicht, denn Beirut existierte praktisch nicht mehr. Na schön, er hätte ja auch Geschäfte in Hongkong oder Rio betrieben haben können. Ausgerechnet Beirut ... warum nicht Tanger? Brasilia? Paris? London?

Ein Kriminaler ohne Gespür, ohne Fingerspitzengefühl ist kein Kriminaler. Sträter in Zusammenhang mit einer Leiche, so mußte die Geschichte gesehen werden!

Stach trug den Karton mit der Vase vorsichtig hinauf in sein Büro und machte sich mit Puder und Folie an die Arbeit, bis er die Fingerabdrücke Sträters sauber herausgeholt hatte. Dann erinnerte er sich an den Zettel, den Sträter an Helga Kerner geschickt hatte, nahm auch dort die Prozedur vor und bekam ebenfalls ganz ausgezeichnete Abdrücke. Er steckte sie in einen Umschlag, den er ans BKA adressierte, klebte den Streifen mit dem Aufdruck Eilboten darauf und entsprechendes Porto und trug ihn eigenhändig zu den Kollegen von der Autobahnpolizei. Schon zehn Minuten später fuhr ein Flitzer nach Köln. Dort würden sie den Brief in den Kasten werfen.

Dann saß er wieder vor seinen Aufzeichnungen. Die Fragezeichen mehrten sich, aber immerhin konnte der Komplex »Strehlitz-Geliebte« mitsamt Mercedes vor dem Nuttensilo abgehakt werden. Vorknöpfen mußte er sich noch Rotermund.

Rotermund. Den Mann hatte er im Drang der Geschäfte und unter dem Zwang der Ereignisse vernachlässigt. Wirklich zwangsläufig vernachlässigt, weil er keinen Zweifel an Ralphs Täterschaft gehabt hatte.

Er wühlte in den Protokollen seiner Leute nach, und da stand es: Siegfried Rotermund, Barbesitzer, 35 Jahre alt, Geburtsort Hamburg. Das war doch schon was.

Er begab sich höchstpersönlich hinunter zur Computerabfrage. Dienst an dem Zauberkasten hatte Fräulen Haferkamp, zwanzig Jahre jung. Die meiste Zeit saß sie da, hörte Radio und schmökerte in Heftchen oder Taschenbüchern, das Mikro immer griffbereit vor dem hübschen Mäulchen und den Lautsprecher in angemessener Entfernung, über den die Anfragen der Freunde und Helfer aus den Streifenwagen einliefen.

»Schwer beschäftigt, Fräulein Haferkamp?« neckte Stach sie.

»Ach Mensch, der Hauptkommissar. Alltags ist mir das ja

egal, daß ich meist nur die Stunden absitze, aber sonntags!«

»Der Freund wartet schon noch, keine Bange. Tippen Sie das bitte mal für mich ein?«

Er hatte die Personalien und Daten Rotermunds säuberlich aufgeschrieben. Elke Haferkamp tippte in die Maschine – sie sah einer Schreibmaschine zum Verwechseln ähnlich –, was in Leuchtschrift sofort auf dem Schirm vor ihr erschien: XP 20 Rotermund, Siegfried Karl Egon, Hamburg...

Es dauerte fünf bis sechs Sekunden, dann spuckte der Computer im BKA, an den sie direkt angeschlossen waren, seine Weisheit in Leuchtschrift aus: »Erkenntnisse liegen vor 701, 711, 802.«

Elke schaute im Codebuch nach. 701 stand für Hamburg, 711 für Kiel, 802 für Köln. Stach bedankte sich, sprintete zum Lift und hatte fünf Minuten später die Kollegen von Köln an der Strippe, die ihm aus ihrer Kartei die Latte von Vorstrafen des schönen Sigi Rotermund vorlasen.

Für Hauptmeister Etzler war es, nach seinen eigenen Worten, ein beschissenes Wochenende. Er war weder KvD noch zum Bereitschaftsdienst eingeteilt, schließlich hatte er allein im Laufe der letzten Woche zwanzig Überstunden zu verzeichnen, und diese verdammten Überstunden wegen der beiden Tötungen trugen die Schuld, daß er seine gegenwärtige Flamme Gaby gleich dreimal versetzen mußte. Und nun, als er Samstagnachmittag ausgeschlafen hatte und an ihre Tür klopfte, bereit zu allen Schandtaten, nun hatte sie ihn versetzt und war mit ihrem fahrbaren Untersatz abgedampft. Scheißspiel.

Am Samstag rief er alle Stunde bei ihr an, am Sonntag alle halbe Stunde. Dann war er es leid und fuhr wutschnaubend und ziellos durch die Landschaft, auf Straßen, die er von Dienstwegen in- und auswendig kannte. Er hatte gute Lust, sich sinnlos zu besaufen, aber er hatte einen Horror vor dem unausweichlichen Katzenjammer danach. Schließlich aß er in einem überfüllten Lokal an einem See; sein Rochus auf alles, was Röcke und lange Haare trug, gipfelte in dem Gelöbnis sexueller Enthaltsamkeit – zumindest für drei bis vier Tage.

Auf dem Heimweg, abends gegen zehn Uhr, passierte er die Kolibri-Bar, sah die vielen geparkten Autos und rangierte kurzentschlossen seine Rostlaube in eine Lücke neben einem Jaguar. Er hatte seit Verlassen der Dienststelle nicht einen Gedanken an die beiden Morde verschwendet, und auch jetzt dachte er nicht an das Apartment siebzehn im Haus schräg gegenüber. Er nahm die Krawatte aus dem Handschuhfach, wickelte sie um den Hals und betrat Sigi Rotermunds teures Etablissement. Er fand noch einen Platz in einer Nische und folgte mäßig interessiert der Darbietung einer fülligen Stripperin.

Nach dem ersten Bier und der zweiten Darbietung, die auch nicht viel besser war, hielt er das Ganze schon wegen der Kosten für eine Schnapsidee und wollte gehen, da erkannte er seinen Chef an der Bar. Er winkte dem Ober, zahlte und schlenderte hinüber. »Ei, ei, Chef«, sagte er, »wenn das Frau und Kinderchen wüßten, daß du sinnlos das Gehalt verpraßt!«

»Nirgends ist man vor Verrätern sicher«, seufzte Stach. »Was treibt dich hierher, Uwe?«

»Schiere Fleischeslust.«

»Schon wieder? Du hattest doch vor zwei Jahren noch 'ne Freundin.«

Der Mixer grinste. »Was darf's denn sein, der Herr?«

»Yohimbin gemixt mit Spanischer Fliege«, sagte Etzler. »Das ist doch eure technische Nothilfe, oder?«

Stach fixierte den Mixer. »Haben Sie nicht im Apartment siebzehn drüben gewohnt?«

»Ja.«

»Und jetzt?«

»In der Stadt als Untermieter.«

»War es Ihnen drüben zu teuer?«

»Klar. Ich verdiene schließlich nicht so viel wie die Puppen.«

»Bei denen kassiert Rotermund ab, stimmt's?«

Der Mixer schickte einen schnellen Blick zu Bulli, zuckte mit den Achseln und begann einen Daiquiri zu quirlen. »Keine Ahnung. Ich kümmere mich nur um meinen Job.«

»Sie sind am Siebzehnten im vorigen Monat ausgezogen. Am gleichen Tag ist Susi Kerner in Ihr Apartment gekommen.«

»So? Wenn Sie es so genau wissen, wird's wohl stimmen.«

»In Ihr jetziges Zimmer konnten Sie aber erst am ersten Mai einziehen. Haben Sie in der Zwischenzeit auf der Straße übernachtet?«

Jonnie schnitt eine Grimasse. »Das Mädchen brauchte 'ne Bleibe, verstehen Sie. Mein Chef hat ihr geholfen. Ich habe die Nächte hier gepennt.«

Ein fast träumerischer Ausdruck erschien in Stachs Miene. »Sehr hilfsbereit, der Herr Rotermund. Hat ein Herz für heimatlose Mädchen. Tja. Ganz hübsch was los heute abend. Ich vermisse Alice. Muß sie nicht aushelfen?«

»Die verdient drüben doch viel mehr Zaster.«

»Natürlich.«

Rotermund erschien. Mit strahlendem Lächeln, das durch die beiden Goldzähne noch unterstrichen wurde, ging er auf Stach zu. »Das Auge des Gesetzes! Guten Abend, meine Herren. Ich hoffe, es ist nicht schon wieder etwas passiert?«

»Ein Mord pro Tag reicht aus.«

»Was darf ich Ihnen spendieren? Manhattan oder ...«

»Ich habe meinen alkoholfreien Tag, Herr Rotermund. Ärztlich verordnet. Haben Sie einen Moment Zeit?«

»Für Sie immer!« Rotermund ging voran in sein Büro. Etzler blieb an der Bar und rief Rotermund nach: »Der

Manhattan ist dankend akzeptiert. Schenk ein, Jonnie, nicht zu knapp. Man soll die Leute schädigen, wo man kann.«

Wenn Rotermund Nervenflattern bekam, wußte er es glänzend zu verbergen. Er hatte die geschmeidige Figur eines Tänzers, und tatsächlich hielt er sich mit Hantelübungen, Expander und Rudermaschine fit. Er steckte sich eine Zigarre zu fünf Mark das Stück zwischen die Lippen. Wer hat, der hat. Wer Pferdchen laufen ließ wie er, hatte eine ganze Menge Kies.

»Sträter«, sagte Stach. »Welcher Art sind Ihre Geschäftsbeziehungen zu ihm?«

Rotermund genehmigte sich einen Cognac aus einer staubigen Flasche. »Jahrgang fünfundzwanzig, Herr Hauptkommissar. Den sollten Sie sich nicht entgehen lassen. Einen Schluck?«

»Na schön.«

»Sträter?« Rotermund lächelte und ließ den goldfarbenen Stoff in den Schwenker gluckern. »Ein komischer Heini, wenn Sie mich fragen. Ich habe ihn zufällig auf einer Auktion kennengelernt und später einige brauchbare Sachen für meine Bar bei ihm geholt. Sie wissen natürlich, daß er am Apartmenthaus drüben erheblich beteiligt ist?«

»Ist er? Auch an den Einkünften der Damen?«

»So wenig wie ich. Abgesehen von der Miete, die naturgemäß nicht knapp bemessen ist.«

»Wieviel?«

Rotermund lachte. »Ich mache aus meinem Herzen keine Mördergrube. Außerdem wird alles brav versteuert, da setze ich mir keine Läuse in den Pelz. Zweitausend pro Näschen und Monat.«

Stach wechselte blitzartig das Thema. »Haben Sie die Annonce für Susi aufgegeben?«

»Wie komme ich dazu? Das machen die Mädchen selbst.«

»Susi nicht.«

»Nicht? Wer sagt denn das?«

»Sie selbst.«

»Aber, aber! Wie kann sie, wo sie tot ist...«

»Vorher. Sie bekam Anrufe von Herren. Sie wurde auf die Anzeige hingewiesen und fiel aus allen Wolken.«

»Quatsch! Sie war neu im Gewerbe, weil sie vorher für Sträter gearbeitet hat – wahrscheinlich auch schon horizontal, wenn Sie mich fragen. Und wenn diese Puppen erst mal den ersten Schritt getan haben, geht alles weitere von selbst. Und schnell.«

»Sie sind also bereit zu bezeugen, daß Susi Kerner laufend Kundschaft empfing?«

Rotermund wackelte mit dem Kopf. »Wenn Sie mich so fragen – ich habe natürlich nicht die Hand dazwischengehalten. Ich stehe auch nicht an den Türen und lausche. Das ist nicht mein Spiel, ich bin kein Voyeur.«

»Wieviel Miete hat Susi bezahlt? Auch zweitausend?«

»Noch keine müde Mark. Die hatte doch nichts. Ich glaube, Sträter hat sie ziemlich schofelig behandelt.«

Darauf ging Stach nicht ein. »Sie haben ihr das Apartment verschafft?«

»Nun ja. Sie kannte hier keinen Menschen, sie war praktisch mittellos. Als sie an meine Tür klopfte...«

»Der barmherzige Samariter. Ich könnte jetzt von der Annahme ausgehen, daß Sie die Notlage des Mädchens ausgenutzt und sie zu dem Gewerbe genötigt haben. Als Zuhälter.«

Rotermund fuhr auf. »Das wäre das Letzte, Herr Hauptkommissar! Das können Sie nicht im Ernst von mir glauben! Mit dieser Bar verdiene ich mich dumm und dusselig, Mädchen bieten sich in jeder Menge an, ich werde doch nicht...«

»Wer hat die Anzeige aufgegeben?« donnerte Stach. »Susi Kerner nicht! Sie hat auch nicht einen einzigen Kunden empfangen, sonst hätten wir Fingerabdrücke gesichert. Raus mit der Sprache!«

Diese Tonart kannte Rotermund aus langjähriger Praxis. In seinem Strafregister standen so schöne Delikte wie Zuhälterei, Körperverletzung, Betrug und Erpressung verzeichnet. Und er wußte, daß Stach das auch wußte.

Er hob beide Hände. »Ich bin überfragt, ehrlich! Mir hat sie gesagt, daß Sträter sie geschlagen hat, daß er sie auf keinen Fall weglassen wollte. Vor dem hatte sie Angst. Vielleicht hat Sträter, um ihr eins auszuwischen, die Anzeige ...«

»Bleiben Sie bei Ihrer Aussage, daß Susi Kerner drüben im Apartment das horizontale Gewerbe ausgeübt hat?«

»Also bezeugen kann ich das natürlich nicht. Ich habe einfach geglaubt, daß sie ...«

Stach ging zur Tür. »Morgen früh um zehn Uhr erwarte ich Sie in meinem Büro. Ich werde diese Ihre revidierte Aussage protokollarisch festhalten und Sie unterzeichnen lassen.«

Die Tür knallte hinter ihm ins Schloß, aber Rotermund zuckte nicht zusammen. Leichte Sorge zeigte sich auf seinem Fuchsgesicht.

Etzler trank den zweiten Manhattan und pflaumte mit dem Mixer rum. Daß Gaby ihn sitzengelassen hatte, war schon fast verdrängt.

Stach hielt sich nicht an der Bar auf. »Ich könnte dich brauchen, Uwe«, sagte er. »Wenn du natürlich deine Leber weiter überschwemmen willst ...«

Etzler leerte das Glas, winkte Jonnie ein fröhliches »Adios« zu und folgte Stach in die maikühle Abendluft. Die paar Schritte zum Apartmenthaus gingen sie zu Fuß.

Stach öffnete mit den Schlüsseln, die sie aus Susis Nachlaß asserviert hatten. An der Apartmenttür erbrach er das amtliche Siegel und schloß auf. Es roch nicht nach Tod und Verwesung, nur die Kreidestriche im Schlafzimmer erinnerten an das Verbrechen. Stach knipste alle verfügbaren Lampen an, warf einen nachdenklichen Blick ins Schlafzimmer und blieb an der Tür zum Wohnzimmer stehen.

Etzler gähnte. »Mit Verlaub, Sir, ist die Frage gestattet, zu welchem Behufe wir uns in die Kemenate eines toten Flittchens begeben?« Er hatte manchmal eine impertinente Art, komische Sprüche abzulassen.

Stach ging in die Hocke und schaute aufmerksam auf den Florteppich. Er deutete auf zwei unauffällige Spuren, die bisher noch keiner beachtet hatte. »Sieh dir das an, Uwe. Was hältst du davon?«

Etzler ging ebenfalls in die tiefe Hocke. »Vielleicht liegt's am Manhattan, aber ich sehe nichts.«

Stach zeichnete mit ausgestrecktem Zeigefinger zwei kaum sichtbare, parallel verlaufende Eindrücke auf dem Teppich nach, die vom Sessel her zur Tür verliefen. »Tatsächlich!« sagte Etzler. »Das sieht aus wie ...«

»Nun?«

»Als ob es Eindrücke von Absätzen sind. Aber wieso ...«

Stach ging hinüber zum Sessel und setzte sich. »Mein Neffe Ralph behauptet, er habe im Sessel gesessen und Whisky getrunken. Eine halbleere Flasche Whisky haben wir ja sichergestellt. Er behauptet ferner, Susi habe ihm die Annonce gezeigt: ›Fotomodell et cetera pp.‹ Sie habe keine Ahnung gehabt und nie Männerbesuche empfangen.«

»Da laust mich doch meine Mamagei.«

»Ralph behauptet, das Schlafzimmer nicht betreten zu haben. Das letzte, woran er sich erinnert, ist der Schluck Whisky. In seinem Mageninhalt wurde genau so wie bei Susi ein starkes Barbiturat festgestellt. Angenommen, der Whisky war mit dem Schlafmittel getauft ...«

»Ich dachte, der Fall sei klar wie Kloßbrühe ...«

»Weiter angenommen, Ralph hätte hier gesessen, Susi neben ihm, egal wo. Susi wog schätzungsweise hundert Pfund. Selbst ein Schwächling hätte sie leicht ins Schlafzimmer tragen und dort entkleiden können.«

»Moment! Da war doch was! Dagmar Rückert hat gesagt ... was war das doch?«

»Susis Kleidung. Unten lagen Slip und BH, obenauf das Kleid. Merkwürdige Auskleidetechnik, was?«

»Du sagst es.«

»Ralph aber«, fuhr Stach fort, »wiegt schätzungsweise hundertachtzig Pfund. Er ist ein ziemlicher Brocken.«

»Der Mörder konnte ihn nicht tragen, er hat ihn über den Teppich geschleift.«

»Genau. Wir waren zu sicher, daß er der Täter ist.«

»Aber die Tür! Sie war einwandfrei von innen abgeschlossen und konnte von außen nicht geöffnet werden.«

»Die Balkontür stand offen. Und Alices Apartment war leer.«

Stach öffnete die Balkontür, ging hinaus, kletterte auf die Brüstung und ohne Schwierigkeit hinüber auf Alices Balkon. »Das ist der casus knusus!«

Etzler tippte sich an die Stirn. »Wenn man's weiß, ist es das Einfachste von der Welt. Wir greifen uns Rotermund! Der Schweinehund hat seine Pfoten bis zu den Ellbogen in der Suppe.«

Stach kehrte zurück, klopfte ein wenig Schmutz vom Anzug und ließ sich wieder in den Sessel fallen. »Langsam, Uwe. Wo sind unsere Beweise? Und wieso kommst du auf Rotermund?«

»Weil der Scheich dieses Nuttensilo managt. Wenn du mich fragst, ist er Zuhälter.«

»Aber er hatte keine direkte Beziehung zu Susi. Nein, so einfach ist das nicht. Ich tippe auf Sträter. Der ist nämlich stiller Teilhaber an den Einkünften dieses Hauses. Und was das Scopolamin angeht, traust du Rotermund zu, daß er sich mit einem so abseitigen Rauschmittel auskennt?«

»Dem traue ich einiges an Schlechtigkeit zu.«

Stach schaute zur Uhr. Es war kurz nach Mitternacht.

»Morgen knöpfen wir uns Alice und Nelly vor. Jetzt wollen wir sie nicht von ihren dringenden Geschäften abhalten.«

Sie verließen die Wohnung, Stach klebte ein neues Siegel aufs Schloß. Aus Nellys Apartment kam ein dicker Mann mit dem glückseligen Ausdruck eines Marzipanschweinchens auf dem Gesicht. Nelly schickte ihm ein Handküßchen nach.

Als Etzler seine Bude aufschloß, klingelte das Telefon. Mann, dachte er, wenn jetzt etwas im Busche ist... Aber es war Gaby.

»Wo steckst du denn?« rief sie. »Ich wähle und wähle...«

»Was glaubst du, was ich Sonnabend und Sonntag getan habe? Weißt du, was du mich kannst? Das kannst du!« Wütend haute er den Hörer hin.

Zwanzig Sekunden später bimmelte es wieder. Er nahm den Hörer und brüllte: »Damit eins klar ist, jetzt ist Sense, Finito, aus, vorbei! Mich verarscht keine, nicht mal du.«

»Aber Uwe, so hör doch! Hat meine Wirtin dir nicht gesagt, daß meine Mutter krank geworden ist? Ich mußte sofort hin.«

»So? 'nen Zettel konntest du mir wohl nicht in den Briefkasten stecken, was? Wie geht's ihr denn?«

»Nur der Blinddarm, der ist schon raus.«

»Na prima. Und ich denke, du ziehst mit drei bis sechs Papagallos durch die Botanik. Okay, in zehn Minuten bin ich bei dir.«

»Uwe, bitte heute nicht mehr. Ich bin geschafft. Diese Aufregung...«

»Vergiß es. Schlaf gut.«

»Jetzt bist du sauer. Also gut, aber nur...«

»Nee. Ich weiß die Wünsche der Damenwelt immer zu respektieren. Gute Nacht und schlaf gut.«

Im Bad pfiff er die Melodie vom plattdeutschen Strand, dann legte er sich ins Bett und schlief ungewiegt und ungeliebt ein.

13

Der Montag hatte es in sich. Wie immer.

Aufzuarbeiten vom Wochenende waren eine Messerstecherei im Asozialenviertel, eine Kindesmißhandlung, ein versuchtes Sittlichkeitsverbrechen, Täter unbekannt entkommen, drei Einbrüche, zwei gestohlene Wagen und der Suicid eines sechzigjährigen Mannes, der in einer völlig verdreckten Kellerwohnung »gehaust hatte wie ein Tier« – so der ermittelnde Sachbearbeiter – und dessen dann schließlich doch überdrüssig geworden war.

Als Hauptkommissar Stach in der Frühbesprechung gerade über seine Ermittlungen vom Wochenende referierte – ohne seine spekulativen Thesen preiszugeben –, kam ein Alarm dazwischen. In einer Kreissparkassenfiliale hatte ein Maskierter sich gerade fünf Minuten vorher eine Aufbesserung seines Gehaltes verschafft. Es handelte sich, wie der Filialleiter später feststellte, um den lächerlichen Betrag von dreitausendneunhundertvierzig Mark. Die ausrückenden Streifenwagen konnten den Täter nicht schnappen; er war zu Fuß im Wald verschwunden.

Stach verfaßte das Protokoll über die Aussagen Rotermunds eigenhändig, dann nahm er seine Notizen vor und ergänzte sie um die Punkte, die sich neu ergeben oder bisherige Erkenntnisse verändert hatten. Ein klares Bild schälte sich noch immer nicht heraus.

Um neun Uhr rief der Rechtsanwalt an, den Ralphs Eltern mit der Wahrnehmung seiner Interessen beauftragt hatten. Er wollte einen Haufen Fragen abschießen, doch Stach brach dem die Spitze ab: »Herr Dr. Stumm, es haben sich neue Gesichtspunkte ergeben, die erst noch überprüft werden müssen. Ich kann Ihnen jetzt nicht . . .«

»Ich erwarte von Ihnen Akteneinsicht rechtzeitig vor dem Haftprüfungstermin!«

»Selbstverständlich. Staatsanwalt Harkort wird Ihnen mit Sicherheit erschöpfende Auskunft erteilen.«

In der nächsten halben Stunde bimmelte das Telefon fast ohne Pause, und er kam zu nichts. Überpünktlich traf Rotermund ein, las das Protokoll sehr genau durch, erklärte sich in allen Punkten damit einverstanden und unterschrieb.

Eine halbe Stunde später klingelte Stach an Alices Tür. Die Lady trug zur Abwechslung eine platinblonde Perücke. Vielleicht hatte sie auch ihr Echthaar eingefärbt. Sehr erfreut schien sie nicht über den Besuch zu sein. Wer freute sich schon, wenn die Bullen kamen. Zögernd gab sie die Tür frei, und Stach trat ein.

Ein Koffer stand, offenbar fertig gepackt, im Flur, ein anderer lag halbvoll auf dem Bett im Schlafzimmer, dessen Tür offenstand. »Sie wollen verreisen?« fragte Stach.

»Urlaub. Hab' ich mir ehrlich verdient.«

»Wo soll's denn hingehen?«

»Oh, 'ne kleine Weltreise. Bangkok, Hongkong und so weiter.«

»Allein?«

»Wie bitte?«

»Ob Sie allein fliegen? Oder haben Sie einen Freund oder Gönner?«

Alice zögerte. »Wissen Sie, er möchte nicht, daß jemand erfährt ... Sie verstehen?«

Stach schlug den gönnerhaften Ton an, auf den schon viele hereingefallen waren. »Mir können Sie alles verraten, ich bin verschwiegen wie der weiße Hai.«

Sie lachte. »Haben Sie den Film auch gesehen? 'ne irre Schau. Ich bin fast vom Stengel gefallen.«

»Wie heißt er, Alice?«

»Ach. Sie kennen ihn ja doch nicht. Sträter.«

»Soso.« Ein Alarmsignal schlug an. »Sie kennen ihn schon länger? Ich meine, ist er schon länger Ihr Freier?«

»Claro. Ein richtig feiner Mann ist das, kein bißchen brutal oder so.«

»Wie lange ist die Reise schon geplant?«

»Also das kam ganz plötzlich, weil er nämlich Antiquitäten oder so 'n Zeug kaufen will.«

»Aha. Wann ist der Start?«

»Och, erst heute abend um sieben.«

»Holt er Sie ab?«

»Wo denken Sie hin! Der fährt doch nicht am hellichten Tag hier vor und ... nee, nee, ich fahre allein. Wir treffen uns auf dem Flughafen.«

»Fein, Alice. Wie war das doch mit Susi nebenan? Hatte sie viele Kunden?«

Eine ganze Suada ergoß sich aus Alices hübschem Mund. »Also darum habe ich mich nicht gekümmert. Hier macht jeder für sich. Und mit der Susi, da habe ich nicht mal drei Worte gewechselt. Die hat immer so getan, als wäre sie was Besseres, wenn Sie verstehen, was ich meine. Und mit so welchen will ich gar nichts zu tun haben. Habe ich das nötig? Habe ich nicht ...«

»Haben Sie Freier bei ihr gesehen oder nicht?«

Pause. Dann, sehr leise und beinahe verschämt: »Also direkt nicht. Ich habe bloß gedacht, sie hätte ...«

»Ihre erste Aussage sah anders aus!«

»Naja, ich und Nelly, wir waren überzeugt – und die anderen im Hause auch –, daß sie genauso wie wir anschafft. Man wird sich doch noch irren dürfen!«

»Am Mordabend waren Sie nicht hier, sondern in der Bar. Wer hat Sie hinzitiert?«

»Herr Rotermund. Ganz höflich hat er mich gebeten. Und weil ich sowieso kaum feste Kundschaft hatte ...«

»Das wird zu Protokoll genommen und von Ihnen unterschrieben. Und wenn Sie in irgendeinem Punkt gelogen haben, sind Sie dran! Um drei Uhr heute nachmittag in meinem Büro, klar!«

»Aber ... aber wenn ich nun zu spät zum Flughafen ...«

»Sie kommen nicht zu spät, dafür garantiere ich.«

Stach ersparte sich die Einvernahme der schlanken Leder-Nelly. Es gab Wichtigeres zu tun.

Das FS vom BKA wurde ihm von Dagmar Rückert übergeben, die es gerade angenommen hatte. Er überflog es gleich auf dem Flur, las es dann noch mal quasi mit dem Finger, weil er es nicht glauben konnte. Es lautete: »Betrifft Anfrage KHK Stach Fingerprints des Herwig Sträter. Prints sind identisch mit dem wegen Betruges in Haft gewesenen Hartmut Stielicke, seinerzeit wohnhaft in Kiel, Kronshagener Weg. Aktenzeichen StA Kiel 1101/75. Hartmut Stielicke ist vor fünf Jahren beim Brand seiner Baufirma ums Leben gekommen. Die Firma ging in Konkurs.«

»Himmel, Arm und Wolkenbruch!« rief Stach und stürmte ins Büro des Vorgesetzten. Er vergaß sogar anzuklopfen, und das war um so peinlicher, als gerade Staatsanwalt Harkort mit Rowedder Kaffee trank.

»Verzeihung«, platzte Stach heraus, »ich dachte ... aber gut, daß Sie da sind, Herr Harkort. Ich glaube, das Ei ist gelegt.«

»Welches Ei, Herr Stach? Sie sind ja richtig außer sich.«

Stach berichtete so kurz und präzise wie möglich von seinen sonntäglichen Ermittlungen, seinen beginnenden und stetig gewachsenen Zweifeln an der Schuld Ralphs ...

»Und jetzt stellt sich heraus, daß Sträter gar nicht Sträter ist und daß er seit Jahren nicht mehr unter den Lebenden weilt. Ist das ein dicker Hund?«

»In der Tat«, sagte Harkort, der nicht leicht zu erschüttern war. »Irrtum ausgeschlossen?«

»Die Fingerabdrücke, die ich ans BKA geschickt habe, waren absolut einwandfrei. Die Zweifel an Sträters oder vielmehr Stielickes Integrität sind mir gekommen, als er ausgerechnet Beirut als Ort seines Auslandsaufenthalts angab. Hätte er Paris gesagt ...«

»Exzellent«, sagte Rowedder. »Den Mann greifen wir uns. Heute abend will er fliegen?«

»Ja. Ich fahre sofort raus. Sie entschuldigen mich?«

Stach eilte hinaus und fühlte sich geradezu beflügelt, so wie eben nur Erfolg Flügel verleihen kann. Harkort wandte sich an Rowedder: »Und der Mann wollte den Fall nicht bearbeiten wegen Befangenheit. Er ist ein As.«

»Sag' ich doch«, nickte Rowedder. Aber lieber wäre es ihm gewesen, er hätte diese Federn an seinen Hut stecken können. Es war immer ein Fehler, einen Fall nur aufgrund ins Auge springender Indizien für gelöst zu halten.

Sie fuhren zu dritt. Uwe Etzler saß am Steuer, Kurt Stach neben ihm, Peter Graff im Fond. Vorsichtshalber hatten sie ihre Waffen untergeschnallt. Sie rechneten zwar nicht mit Widerstand, aber immerhin war Susi Kerner von vier Kugeln buchstäblich durchlöchert worden. Das Beispiel warnte.

Ein Trecker tuckerte auf dem kurvenreichen letzten Kilometer nach Dickhausen vor ihnen her. Etzler ließ sich dadurch nicht nervös machen. Seit sich Gabys Abwesenheit entschuldbar geklärt hatte, war sein Gefühlsleben wieder in Ordnung. Das bißchen Jagd nach einem Mörder regte ihn weniger auf als eine Fliege auf einem Honigbrötchen.

»Das war ja 'ne gigantische Leistung«, sagte Graff. »Wie biste bloß auf Sträter gekommen, Kurt?«

Stach drehte sich halb nach hinten. »Stutzig gemacht hat mich das Sammelsurium in seiner Halle. Und daß er mir eine chinesische Vase für dreihundert Piepen verkauft hat, die Minimum zweitausend wert ist.«

»Ei kucke da«, spöttelte Etzler, »unser Boß macht unseriöse Geschäfte.« Er zog am Trecker vorbei.

Graff schüttelte den Kopf. »Ich sehe weit und breit kein Motiv für den Mord an Susi.«

»Ich auch nicht«, gab Stach zu. »Wir werden Sträter fragen. Zum Beispiel wäre denkbar, daß Susi seine frühere, also seine wahre Identität herausgekriegt hat. Dann können wir nämlich davon ausgehen, daß er vor Jahren schon einen Toten hinterlassen hat.«

»Aber klar doch!« rief Etzler. »Das ist des Dackels Kern.«

»Des Pudels Kern«, verbesserte Stach. »Faust, der Tragödie erster Teil.«

»Von William Amadeus Schiller. Diese Annonce in der Zeitung war schon ganz perfide. Eine unbescholtene junge Frau als Nutte anzupreisen, das ist schon ein Hammer.«

»Nächster Weg rechts rein, Uwe.«

Schon von der Einfahrt aus konnten sie sehen, daß die Rolläden des Bungalows heruntergelassen waren. Der alte Mann – Flöter – polkte mit krummgezogenem Rücken in einem Blumenbeet. Er schaute nicht auf.

Während Graff mit dem Türklopfer aus Kupfer bollerte, ging Stach um das Haus. Sämtliche Rolläden waren geschlossen. Etzler warf einen Blick durchs Fenster in die Doppelgarage: leer.

Vor der Haustür trafen sie sich wieder. »Ich hätte gestern nicht zu ihm fahren dürfen«, knurrte Stach. »Er hat zwei und zwei zusammengezählt und sich schleunigst verdünnisiert.«

»Sofortige Fahndung«, schlug Graff vor. »Vielleicht erwischen wir ihn noch am Flughafen in Düsseldorf.«

»Oder in Köln oder in Frankfurt. Oder ist er gleich in Aachen über die Grenze? Oder er fährt jetzt gerade in Hamburg auf die Reeperbahn. Verflucht, er hat tausend Möglichkeiten.«

Graff griff zum Funktelefon, rief die Kfz-Stelle an und ließ sich das Kennzeichen von Sträters Wagen heraussuchen. »Ruft schnellstens zurück, Leute, es ist äußerst dringend.«

»Hexen können wir nicht«, bekam er zur Antwort.

Etzler spazierte hinüber zu dem alten Flöter, der mühsam seine verbogene Wirbelsäule in eine fast vertikale Stellung brachte und fragte: »Wollen Sie zu Herrn Sträter? Der is nich da.«

»Aha«, sagte Etzler. »Hab' ich mir fast gedacht. Wann ist er denn weggefahren?«

»Als ich um sieben gekommen bin, war er schon weg. Im Geräteschuppen hat er mir 'nen Zettel hinterlegt. Auf Geschäftsreise is er, dauert wohl länger.«

»Vermutlich«, nickte Etzler. »Danke schön.« Wenn es nach Sträter ging, würde es eine sehr lange Reise werden.

Sträter-Stielicke fuhr einen schwarzen Mercedes 500, Kennzeichen DOL-MZ 81. Das erfuhren sie binnen fünf Minuten und gaben es sofort an den Computer. Graff hielt die Stellung, während Stach und Etzler zur Dienststelle zurückfuhren. Weil bei Vater Staat alles seine Ordnung haben mußte, besorgten sie sich einen richterlichen Durchsuchungsbefehl, mit dem Etzler sich wieder auf den Weg zu Sträters Bungalow machte.

Stach jagte die Fernschreiben mit dem Fahndungsersuchen hinaus. Dann schickte er Rengsdorf in die Kastanienallee. »Schaff mir die hübsche Alice her, presto rapido! Das Püppchen darf nicht auch noch flitzen gehen!«

Er schloß gerade sein Büro auf, als Kommissarin Rückert den Kopf aus ihrer Tür gegenüber steckte. »Besuch für dich, Kurt. Fräulein Kerner.«

Das paßte ihm gar nicht in den Kram. Er hätte an mindestens zehn Stellen gleichzeitig sein müssen, aber was half's ...

»Bitte sehr«, sagte er resignierend.

Etzler baute das Türschloß mit großem Sachverstand aus. Er hätte einen guten Einbrecher abgegeben, soweit es Fingerfertigkeit und handwerkliches Geschick betraf. Sie betraten Sträters heilige Hallen. Graff war mit einem beinahe fotografischen Gedächtnis ausgestattet, deshalb fiel ihm sofort auf, daß einige Gemälde nicht mehr an den Wänden hingen. Er erinnerte sich deutlich, daß sie fast ausnahmslos in schweren Barockrahmen gehangen hatten, und er fragte sich und Etzler, wieso Sträter sich auf seiner immerhin ziemlich überstürzten Flucht mit so unnützem Gepäck belastete.

»Laß mal bei mir denken«, sagte Etzler darauf. Er hatte mal wieder einen Geistesblitz. »Ich weiß ja nicht, was diese Schinken wert sind. Du vielleicht?«

»Keine Ahnung.«

»Geh mal davon aus, daß er keinen Schrott zur Zierde seiner Wände aufgehängt hat. Wenn er auf Nimmerwiedersehen verschwindet und diese edlen Stücke hier verschimmeln läßt, was hat er davon? Nichts hat er davon. Also tippe ich als kluges Kind darauf, daß er den ganzen Scheiß in seinen fahrbaren Untersatz geschmissen hat, um ihn zu verscherbeln.«

»Klingt gut«, meinte Graff.

»Siehste. Nun weißt du auch, warum ich dir im Range untergeben bin. Die höheren Dienstgrade können ruhig hirnamputiert sein.«

»Arschloch.«

»Aber ein hochqualifiziertes bitte, Sir!«

Sie gingen bei der Durchsuchung nach einem altbewährten System vor. Graff war der festen Überzeugung, daß ein Mann wie Sträter über einen Safe verfügen müsse, und er fand ihn ziemlich schnell in einem Raum, den man wegen seiner vielen Bücher als Bibliothek und wegen des voluminösen Schreibtisches auch als Arbeitszimmer bezeichnen konnte. Das Ding war nicht wie gewöhnlich durch ein Gemälde, sondern durch

Bücher kaschiert.

Eine halbe Stunde mühte Graff sich mit der Kombination ab. Dann klappte das Stahlfach auf. Natürlich war es leer.

Indessen hatte Etzler längst die fahrbare Bar entdeckt und sich einen harten Branntwein zu Gemüte geführt. Die Entscheidung zwischen Whisky, Cognac, diversen Likören und Obstlern wurde ihm nicht leicht gemacht, und da er Fachmann war, prüfte er das ganze Sortiment. Zwischen all den vielen verheißungsvollen Pullen fiel ihm ein Fläschchen ohne Etikett auf, das er vorsichtig am Korken aus der Batterie herauszog und eintütete. Er beschriftete das Etikett mit Fundort und Datum, genehmigte sich für eine bessere Verdauung – entgegen den strengen Vorschriften – doch einen Obstler und schritt unverdrossen zu weiteren Taten.

14

Wie mochte es einem Mädchen zumute sein, das den letzten Blutsverwandten verloren hatte? Helga Kerner saß in Jeans und schwarzem Pulli auf dem Besuchersessel in Stachs Zimmer, hatte einen Aktenkoffer zwischen den Füßen abgestellt und eine Umhängetasche auf den runden Tisch gelegt. Sie machte einen rührend hilflosen Eindruck, und Stach spürte wieder, wie so oft schon, die Erbitterung und das Mitleid aufsteigen. Die Gegenwart eines Opfers machte ihn seltsam hilflos, weil Worte nichts ändern konnten.

»Ist es wahr, was die Zeitungen schreiben?« fragte Helga. »Ralph hat es getan?«

Stach stopfte seine Pfeife, nur um seinen ruhelosen Händen Arbeit zu geben. »Nach dem letzten Stand der Dinge kaum, Helga. Ich habe Ihnen einige Fragen vorgelegt. Ist Ihnen inzwischen etwas dazu eingefallen? Manchmal hält man Informationen für wertlos, die uns hilfreich sein können.«

»Ich weiß nichts. Wirklich nicht. Susi war immer und zu allen Menschen nett und ... und vielleicht sogar zu hilfsbereit. Ohne Susi hätte ich die Penne längst aufgegeben. Sie hat mir immer wieder zugeredet.«

»Sie waren häufig in Sträters Haus?«

»So oft auch wieder nicht. Drei- oder viermal. Ich mochte ihn nicht. Ich glaube, wenn Susi nicht dabei gewesen wäre, hätte er mich gern ... na, Sie wissen schon.«

»Also nicht gerade ein väterlicher Freund?«

»Ach was! Der und väterlich! Manchmal hat er Witze erzählt, die ... ich mag so was nicht. Susi hat es ihm auch verboten. Dann war er gewöhnlich schon ziemlich beschikkert.«

»Zu nahe getreten ist er Ihnen nicht?«

»Nee. Mal hat er mich im Swimmingpool betatscht, da habe ich ihm eine gescheuert. Mit dem Bart sieht er aus wie ... also wissen Sie, er hatte da ein Gemälde hängen, ein uralter Schinken, war wohl 'ne Reproduktion. Jesus und seine Jünger. Einem von denen hat er den Bart abgeguckt. Alles bloß Mache, wenn Sie mich fragen. Der kann daherreden wie unser Religionslehrer, so 'n richtiges, betuliches Geseire. Und dann wieder war er vulgär wie 'n Kanalarbeiter. Bestimmt ist Susi deshalb von ihm weg.«

»War er oft auf Reisen?«

»O ja. Darum habe ich Susi beneidet, weil sie dauernd auf Achse war. Mal in die Schweiz, an die Riviera, nach London und sogar mal nach New York. Dufte!«

»Susi fuhr immer mit?«

»Meistens. Manchmal ist sie auch allein auf Achse gegangen. Im TEE nach Italien und nach Marseille.«

Wenn man es unkritisch betrachtet, fügte es sich in das Bild eines emsigen Händlers, der sich große Spesen wegen noch größerer Umsätze leisten konnte. »Hatte es mit den Reisen eine besondere Bewandtnis?« fragte Stach.

»Geschäfte. Der verhökerte doch alles. Ich verstehe nichts von Kunst und habe mich nie für den Käse interessiert. Susi hat in der Beziehung 'ne Menge von Sträter gelernt.«

Es klopfte. Rengsdorf schaute herein und meldete: »Alice ist hier, Chef. Soll sie ...«

»Nehmen Sie sie mit in Ihr Büro. Aber lassen Sie sich nicht becircen. Ist sie sauer?«

»Bis jetzt noch nicht. Sie weiß ja noch nichts von ihrem Glück.«

»Gut. Danke. Helga, was kann ich noch für Sie tun?«

»Ich möchte meine Schwester ... kann ich sie noch einmal sehen?«

»Natürlich. Obwohl ... wenn ich Ihnen einen Rat geben darf, behalten Sie sie so in Erinnerung, wie Sie sie zuletzt gesehen haben.«

Das Mädchen wischte über die Augen, schnupfte und stand auf. Dann: »Ach ja, das hätte ich jetzt beinahe vergessen. Sie haben doch bestimmt Schlüssel in Susis Tasche gefunden. Ich kriege diesen Koffer nämlich nicht auf.«

»Ja, da waren Schlüssel. Ich habe sie noch hier. Ist das Susis Koffer?«

»Sie hat ihn bei ihrem letzten Besuch bei mir wohl vergessen. Als sie mit Ralph da war.«

Stach nahm die asservierten Schlüssel aus dem Schreibtisch. Der passende war darunter. Es handelte sich um einen ausgesprochen luxuriösen Aktenkoffer mit starken Sicherheitsschlössern. Er stellte den Koffer auf den Schreibtisch und knipste die Schlösser auf. »Helga, es tut mir leid, aber bei Kapitalverbrechen müssen wir alles durchsuchen, was eventuell einen Hinweis geben könnte. Sie erlauben?«

»Bitte.«

Der Aktenkoffer enthielt eine Minox und einen Film, ein Tagebuch – das naturgemäß von besonderem Interesse war –, und neben unwesentlichem Kleinkram einen Umschlag mit

Fotos. Stach schüttelte sie auf den Tisch. Sein erster Eindruck war, daß Susi Kerner den Kunsthandel offenbar sehr ernst genommen hatte. Die Fotos zeigten ausnahmslos Madonnenfiguren und Gemälde, hervorragend fotografiert.

Dann stutzte er, griff nach einer schon durch seine Hände geglittenen Aufnahme und betrachtete sie genauer. Eine Madonna. Das war doch ...

Er drehte das Foto um. Da stand mit Bleistift vermerkt: »15. 10., Stuttgart, Prälatenweg 31. Fischer.«

Etwas wie Jagdfieber erfaßte ihn. Die nächste Aufnahme, ein Picasso, dahinter der Vermerk: »11. 8., Marseille, Rue de Colombe, Pelletier. 30000.«

Beinah geistesabwesend griff Stach zum Telefon und wählte den Leiter des 2. K., Hauptkommissar Brake, an. Er war gerade von der erfolglosen Jagd nach dem Bankräuber zurückgekommen.

»Ich glaube, ich habe was für dich, Werner«, sagte Stach.

»Hoffentlich keine Arbeit. Hat es nicht Zeit? Mensch, ich sitze bis über beide Ohren ...«

»Und ich bis über die Haarspitzen. Nun mach schon!«

Er legte auf. Helga nahm ein Foto auf, betrachtete es kopfschüttelnd, legte es wieder hin. »Verstehen Sie, daß ein Mensch so was sammeln kann? Ich nicht.«

»Wegen solcher Kunstwerke unternehmen manche Menschen die größten Anstrengungen. Ihretwegen wird eingebrochen und geraubt und sogar gemordet.«

Er war sicher, daß er jetzt das Motiv für den Mord an Susi Kerner hatte. Es lag vor ihm auf dem Tisch: die Fotos und das Tagebuch.

Brake, zehn Jahre älter als Stach, ein wenig zur Korpulenz neigend, weil er gern gut aß und noch lieber kühle Blonde zischte, kam zur Tür herein. »Das sage ich dir«, tönte er mit Kellerbaß, »wenn du mich für die Affen durchs Gelände scheuchst ...«

Dann sah er das erste Foto, die Madonna, nahm es auf und betrachtete es kopfschüttelnd. »Woher hast du das? Ich habe mir damals nach dem Diebstahl die Hacken schief gelaufen, um so ein erstklassiges Foto aufzugabeln.«

Stach reichte ihm die Aufnahme von dem Picasso. »Wie gefällt dir das?«

»Mensch, das stammt aus dem Diebstahl bei dem Brauereibesitzer, voriges Jahr Juli.«

»Wie hoch schätzt du den Wert, Werner?«

»Fünfzigtausend.«

»Der Dieb oder Hehler hat dreißigtausend dafür gekriegt. Steht auf der Rückseite.«

»Ich werde nicht wieder! Du weißt, wer unser Mann ist?«

»Ja. Leider kann ich dir nicht mit ihm dienen. Die Fahndung nach ihm läuft.«

»Himmel und Arm! Kann ich die Fotos haben?«

»Sicher. Gegen Quittung. Sobald ich das Tagebuch ausgewertet habe, kriegst du es auch. Übrigens sieht es so aus, als hätte die Dame, der wir die Fotos verdanken, die Adressen der Abnehmer dahinter notiert.«

»Ist sie Mittäterin?«

»Nein. Opfer.«

Helga verfolgte den Disput, ohne ihn zu begreifen. Stach nahm sie, als Brake gegangen war, bei der Hand und brachte sie zur Kommissarin. »Hüte dieses Kind wie deinen Augapfel, Dagmar. Alles, was wir für sie tun können, wird erledigt. Fahren Sie heute noch ins Internat zurück, Helga?«

»Nein, ich wollte ... ich muß mich doch um die Beerdigung ...«

»Dagmar, tritt ihr mit Rat und Tat zur Seite. Vom Dienst bist du freigestellt. Hast du für Helga Platz in deiner Wohnung?«

»Sicher.« Die Antwort kam zögernd. »Glaubst du etwa, daß sie in ...«

»Ja. Genau das glaube ich.«

»Kapiert. Bitte, nehmen Sie Platz, Helga. Ich muß nur noch meinen Schreibtisch aufräumen.«

»Ich habe Zeit, Frau Rückert. Massenhaft. Bloß verstehe ich nicht, was die Fotos bedeuten.«

Stach strich über ihr Blondhaar. »Wir werden es Ihnen erklären. Später.«

Obwohl Sträters Flucht für ihn ein harter Schlag war, der einer Pleite nahe kam, fühlte er sich geradezu beschwingt. Vordringlich war ein Telefonat mit seinen Leuten in Sträters Wohnung.

Graff kam an den Apparat. »Hier bei Sträter«, meldete er sich. »Wo brennt's, Kurt?«

»So wie die Sache aussieht, können wir davon ausgehen, daß Sträter hinter den Kunstdiebstählen der letzten Jahre steht. Ich fürchte zwar, daß er die wertvollen Stücke immer gleich verhökert hat, aber sucht trotzdem gezielt nach Gemälden.«

»Die hat er alle mitgenommen.«

»Sucht nach Unterlagen, die auf Abnehmer hinweisen können. Am besten schafft ihr sämtlichen Schreibkram zur Staatsanwaltschaft.«

»Ist gemacht. Sag mal, ob der auch in dem Strehlitz-Mord drinhängt?«

»Bis zum Beweis des Gegenteils ja. Alle Unklarheiten beseitigt?«

»Fast.«

Das nächste Gespräch führte Stach mit der Kripo Kiel. Es dauerte eine Weile, bis er den richtigen Sachbearbeiter an der Strippe hatte, nämlich Kriminalhauptkommissar Feddersen.

»Vor fünf Jahren, Herr Kollege, ist ein gewisser Hartmut Stielicke bei Ihnen zu Tode gekommen«, sagte Stach. »Sie erinnern sich?«

»Und ob! War 'ne dubiose Geschichte. Ich habe sogar die

Witwe in Verdacht gehabt, daß sie dran gedreht hätte. Brandstiftung war aber nicht hundertprozentig nachzuweisen.«

»Stielicke hatte ein Baugeschäft?«

»Mein Lieber, das war ein Baulöwe par excellence! Der hat hier fleißig die Ostsee-Küste mit Beton zugepflastert und so viele Anleger um ihren Anteil betrogen, daß wir heute noch nicht mit den Akten durch sind.«

»Interessant«, dehnte Stach. »Das Geld ist natürlich futsch?«

»Unauffindbar. Konkurs in Höhe von zehn Millionen. Die Witwe ist arm wie 'ne Kirchenmaus.«

»Dann wird es Sie um so mehr freuen, daß Hartmut Stielicke von den Toten auferstanden ist.«

»Waaas? Dann war die Leiche gar nicht...«

»Sie sagen es. Ohne jeden Zweifel hat Stielicke sich in den letzten Jahren in unserem Revier herumgetrieben. Wir fahnden nach ihm wegen Mordes und einiger anderer Delikte.«

»Sie haben ihn nicht fest?«

»Leider nicht. Halten Sie es für denkbar, daß er Kontakt zu seiner Ehefrau aufnimmt?«

»Glaube ich zwar nicht, aber man hat ja schon Pferde kotzen sehen. Ich kümmere mich drum.«

»Sehr verbunden, Herr Feddersen. Ich lasse von mir hören, wenn wir den Sportsfreund haben.«

Stach legte auf und ging hinüber zu Rengsdorf, der mit Alice plauderte. Er setzte sich auf die Schreibtischkante Alice gegenüber und fragte: »Wann haben Sie eigentlich die Reise geplant – Sträter und Sie, Alice?«

Sie schlug ein Bein über das andere und blies Zigarettenrauch durch Mund und Nase. Etwas weniger Rouge und Lidschatten hätten ihr besser gestanden.

»Geredet hat er schon oft davon«, sagte sie kokett. »Ich bin auch schon mal ein Wochenende mit ihm unterwegs gewesen.«

»Wohin?«

»Basel. Sie, das war 'ne irre Schau.«

»Wann?«

»Na, so vor vierzehn Tagen ungefähr.«

»Da war die Weltreise schon geplant?«

»Nee, nicht direkt. Er hat gesagt, wir könnten öfter groß auf Tour gehen. Und als er letzte Nacht anrief ...«

»Letzte Nacht erst?«

»Sag ich doch. Es war bestimmt schon zwei Uhr durch. Mein letzter Gast war gerade weg.«

»Was sagte Sträter?«

»Weiß ich nicht mehr genau. Er müßte ganz überraschend auf Achse gehen, 'ne Weltreise und so. Bangkok, Hongkong ... habe ich Ihnen doch alles schon erzählt. Was soll das überhaupt, diese ganze blöde Fragerei? So allmählich muß ich mich nämlich auf die Sohlen machen.«

»Wo wollt ihr euch treffen?«

»Düsseldorf, Flughafen.«

»Start heute abend um sieben?«

»Genau.«

»Daraus wird nichts, Alice, so leid es mir tut.«

»Warum nicht, Mensch? Ich freue mich wie bei 'nem Sechser im Lotto ...«

»Wir haben einige Fragen an Herrn Sträter. Deshalb muß er die Reise verschieben.«

»Ihr Scheißbullen, ihr! Dann fragt ihn doch! Los, beeilt euch!«

»Herr Sträter ist schon unterwegs. Regen Sie sich ab. Das Protokoll habe ich übrigens noch nicht fertig. Das läuft nicht weg. Und Sie auch nicht, klar!«

»Ach, leck mich doch!«

»Nee«, sagte Stach. »Tu' ich nicht.« Sprach's und ging hinaus. Auf seinem Programm waren noch viele Punkte abzuhaken.

Ein anderer Polizist als tags zuvor langweilte sich vor dem Krankenzimmer, das eigentlich eine Abstellkammer war. Der Zustand Ralph Thorns war noch immer nicht so zufriedenstellend, daß er in eine Zelle übergeführt werden könnte.

Er schnitt ein Zitronengesicht, als Stach eintrat und ihn aufgeräumt begrüßte. »Du schon wieder? Glaub ja nicht, daß ich dir auch nur eine Frage beantworte. Mein Antwalt ist gerade gegangen, ich bin über meine Rechte rundherum aufgeklärt. Also reden wir über das Wetter.«

Stach grinste. »Gestern war's wärmer als heute. Regen könnten wir brauchen. Von Renate und den Kindern soll ich grüßen – und natürlich habe ich wieder die Blümchen vergessen.«

»Geschenkt.« Ralph schaute zum vergitterten Fenster. »Wann ist die Beerdigung, Kurt?«

»Steht noch nicht fest. Sagt dir der Name Sträter was?«

Ralph blieb liegen, wie er lag. Der Besuch des Anwalts schien ihm keinen Mut eingegeben zu haben. »Sträter? Ist das nicht der Kerl, bei dem Susi zuletzt gelebt hat?«

»Du kennst ihn nicht persönlich?«

»Woher wohl! Das heißt, ich habe ihn gesehen, als Susi und ich in ihr Apartment gehen wollten.«

»Ach. Davon hast du gestern nichts gesagt!«

»Warum sollte ich? Außerdem war ich gestern noch ziemlich down. Oder sollte dir das nicht aufgefallen sein?«

»Wie war das mit Sträter?«

»Er kam mit einem schwarzen Mercedes an, hielt neben Susi, kurbelte die Scheibe runter und sprach ein paar Takte mit ihr.«

»Worüber?«

»Keine Ahnung. Ich habe nicht zugehört. Schließlich bin ich ein dressierter Affe und weiß wenigstens manchmal, was sich gehört.«

»Hat Susi sich über Sträter geäußert?«

»Ich erinnere mich nicht. Wenn du wüßtest, wie es in meinem Kopf aussieht... ich liege hier und grübele und... aber wen interessiert das schon!«

»Mich zum Beispiel. Hat Susi von Kunstgegenständen gesprochen?«

»Nee. Nur daß Sträter Sammler ist. Ich habe dir doch gesagt, daß es zu gar keinem richtigen Gespräch gekommen ist.«

Stach nickte nachdrücklich. »Ja. Und du wirst lachen, jetzt glaube ich dir das sogar.«

Ralphs Kopf ruckte herum. »Heißt das, daß ich nicht mehr der Mörder bin?«

Stach legte ihm die Hand auf die Schulter. »Junge, für mich ist ein Mensch erst dann ein Mörder, wenn er rechtskräftig verurteilt ist oder wenn sein hieb- und stichfestes Geständnis vorliegt. Du warst ein Tatverdächtiger, nicht mehr und nicht weniger.«

»Das bin ich nicht mehr?«

»Für mich nicht. Wie die maßgeblichen Instanzen entscheiden, wirst du in Ruhe abwarten müssen.«

»Dieser Sträter...«

»... ist flüchtig. Es fehlt noch das i-Tüpfelchen des Beweises, aber sein Motiv ist klar. Ich hoffe, daß diese Nachricht zu schneller Gesundung beiträgt.«

Ralph griff nach Stachs Hand. »Gestern habe ich mich ziemlich unqualifiziert benommen. Entschuldige. Ich glaube, dir habe ich zu verdanken...«

»Schon gut, Ralph. Bullen sind eben auch Menschen. Ich hoffe, daß ich dich heute noch aus diesem Loch rausholen kann.«

»Danke. Es hat keine Eile. Jetzt nicht mehr.«

Das Mittagessen zu Hause schlang Kurt Stach herunter wie ein Akkordarbeiter in Sonderschicht. Brockenweise erzählte er Renate von der entscheidenden Wende und bekam einen Kuß dafür. »Siehst du!« rief Renate. »Habe ich nicht gleich gesagt, daß Ralph es nicht getan haben kann? Aber du ungläubiger Thomas mit deinem Vorurteil gegen ihn hättest ihn fast im Stich gelassen.«

»Weib, zähme deine vorlaute Zunge! Ich habe dich zu lange nicht übers Knie gelegt, scheint mir. Überhaupt ist es ein Jammer, daß die Prügelstrafe abgeschafft ist.«

Er fuhr zurück ins Amt und schaute im 2. K. bei Hauptkommissar Brake rein. Der saß mit roten Ohren über den Fotos aus Susis Aktenkoffer. »Wie schaut's aus?» fragte Stach.

»Große Klasse, Kurt. Bisher habe ich Kunstwerke aus zehn Brüchen identifiziert. Hier zum Beispiel die Madonna aus der Kirche in Engelsbach, dann der Corot aus der Sammlung Diependahl, der Picasso ...«

Stach winkte ab. »Später, Werner, ich hab's eilig.«

In seinem Büro nahm er sich Susis Tagebuch vor und schrieb alle Angaben über ihre diversen Reisen – in Begleitung Sträters oder allein – heraus. Auch hier fanden sich Hinweise, die möglicherweise zu den Abnehmern der Kunstwerke führten. Aber es gab nicht eine Andeutung auf eventuelle Mittäter.

Abends gegen fünf Uhr kamen Graff und Etzler von Sträters Bungalow zurück, mit einem Kofferraum voller beschlagnahmter Gegenstände und schriftlicher Unterlagen, die sofort der Staatsanwaltschaft zur Auswertung zugeleitet wurden. Zu diesem Zeitpunkt lagen noch keine Ergebnisse der Fahndung nach dem Flüchtigen vor. Und je mehr Zeit verstrich, um so wahrscheinlicher wurde es, daß Sträter sich unter anderem Namen in einem anderen Land zum drittenmal eine neue Existenz aufbaute.

15

Dienstag, acht Uhr, Frühbesprechung.

Noch keine Spur vom Bankräuber des Vortages, nur ein rundes Dutzend zum Teil sich widersprechender Hinweise aus der Bevölkerung. Wie die Dinge lagen, würden sie ihn nicht erwischen. Vielleicht beim nächsten Mal; denn mit großer Wahrscheinlichkeit würde er es wieder probieren, weil es so prima geklappt hatte, seine Beute aber so gering gewesen war.

Die Fahndung nach Sträter war immer noch negativ. Stach referierte über die Ermittlungen; natürlich war Interpol eingeschaltet worden, doch von Stunde zu Stunde sank die Hoffnung auf Erfolg.

Anschließend berichtete Hauptkommissar Brake über die Auswertung der Fotos. Aufgrund des *modus operandi* bei den diversen Kunsträubereien in der näheren und weiteren Umgebung waren sie bisher schon davon ausgegangen, daß immer dieselbe Gruppe von Tätern am Werk gewesen war. Mit dem flüchtigen Sträter gab es den ersten positiven Hinweis auf ein Mitglied der Bande, mochte er nun bei den Brüchen selbst mitgewirkt haben oder nur als Hehler tätig geworden sein. Das bedurfte noch der Aufklärung. Die in seinem Bungalow von Graff und Etzler sichergestellten und zunächst beschlagnahmten Kunstgegenstände waren bisher nicht als Diebesgut zu identifizieren. Frage: Gab es ein noch nicht bekanntes Versteck Sträters? Es konnte bei einem Bandenmitglied zu suchen sein, denn zweifellos hatte Sträter nicht allein gearbeitet.

Stach gehörte nicht zu den Leuten, die Lösungen wie Karnickel aus dem Hut zauberten. Kriminalistische Arbeit bestand zu neunzig Prozent aus Kleinkram, und meist war der größere Teil Beinarbeit, die erst die Voraussetzung zu deduktiven Schlüssen lieferte. Deshalb sah Stachs Diensteinteilung für diesen Tag vor, daß Kommissar Graff in Dickhausen von Haus zu Haus ging und alle erreichbaren Leute über Sträter interviewte. Gerade in einem so kleinen Dorf konnte ein Fremder wie Sträter kaum einen unbeobachteten Schritt tun. Vielleicht bekamen sie etwas über eventuelle Besucher heraus.

Uwe Etzler erhielt einen besonders feinen Job: Er durfte in Susi Kerners verwaistem Apartment am Schlafzimmerfenster sitzen – hinter der Gardine natürlich – und die Kolibri-Bar beobachten. Denn Rotermund spielte, da er mit Sträter bekannt war, in diesem Fall eine zumindest dubiose Rolle. Deshalb nahm Stach sich auch das Dossier des Barbesitzers vor, das er inzwischen von Köln angefordert hatte.

Aufgegriffen wegen Zuhälterei, verurteilt wegen schwerer Körperverletzung, später noch einmal wegen räuberischer Erpressung. Das alles lag Jahre zurück. War ein Mensch mit diesen schädlichen Neigungen und Charakteranlagen besserungsfähig, womöglich in der Zwischenzeit resozialisiert?

Mal sehen, dachte er, ob wir ihn zum Schwitzen bringen.

Peter Graff fand seinen Job ausgesprochen mies. Klinkenputzen war nicht sein Fall. Meist wurde nur leeres Stroh gedroschen, oder man hörte indifferente Anschuldigungen ohne jeden Beweiswert. In jedem kleinen Kaff gediehen Gerüchte wie Pilze auf Pferdemist.

Die dralle Wirtin, bei der er ein Kännchen Kaffee leerte, enthielt sich der Stimme. Schließlich war Sträter ein guter Kunde gewesen, und noch wußte kein Mensch, wessen er verdächtigt wurde. Kripochef Rowedder hatte keine Presseverlautbarung herausgegeben.

Graff zog von Haus zu Haus und stieß durchwegs auf taube Ohren, wenn auch nicht gerade auf Ablehnung. Bis er hinter der sechsten Tür, einem Einfamilienhaus neudeutscher Prägung, fündig wurde. Die Frau war allein zu Haus, der

Mann – ein Maurer – auf Arbeit, die Kinder in der Schule. Sie schien froh zu sein, daß sie vom Staubsauger erlöst wurde und ihrer Zunge freien Lauf lassen konnte.

»Der Herr Sträter, also das ist ein feiner Mann, da lass' ich nichts drauf kommen, lass' ich nicht. Damals, als er das Haus gekauft hat, bin ich immer putzen gegangen. Wir hatten gerade das Haus fertig, müssen Sie wissen, und da braucht man jeden Pfennig, nicht wahr. Er hat auch nicht schlecht bezahlt, das hat er nicht.«

Graff zückte sein Notizbuch. »Hatte Herr Sträter viele Besucher?«

»Och nee, der lebte mehr wie ein Einsiedler. Manchmal hat er über Nacht wohl 'ne Frau dagehabt, ist ja verständlich, nicht? Ich hab' das immer an den Betten gesehen, aber von mir hat er nie was gewollt. Sagen Sie, ist das wahr, was die Leute sagen, daß Sie hinter ihm her sind?«

Graff lächelte. »Wir haben einige Fragen an Herrn Sträter, aber leider ist er verreist.«

»O ja, das war er oft. Nicht gleich zu Anfang, aber später.«

»Kennen Sie Herrn Rotermund?«

»Nee. Wer soll denn das sein?«

Graff legte ihr ein Foto aus Rotermunds Akte vor, aber sie schüttelte den Kopf. Als Sträter sich dann, erzählte sie, dieses junge Ding ins Haus geholt habe, da sei sie überflüssig gewesen. Nur einige Male habe sie noch großen Hausputz halten dürfen.

»Hat Herr Sträter in Ihrer Gegenwart Telefonate geführt?«

»Sicher. Glauben Sie vielleicht, vor mir hätte er Geheimnisse gehabt? Aber nicht doch!«

»Sind Namen gefallen, an die Sie sich erinnern?«

»Nee. Das waren so komische ausländische Namen, die hab' ich mir nich merken können.«

»Picasso zum Beispiel? Oder Corot?«

»Sie, tatsächlich, das ist wahr! Ich habe immer gedacht, was will er bloß mit Pik As. Dann ist das ein Name?«

»Ja. Der Name eines Künstlers.«

»Ach so. Die spinnen ja alle. Da fällt mir ein, ein paarmal ist da schon ganz früh am Morgen, wenn ich noch nicht einmal im Hause war, ein Lieferwagen vorgefahren. So 'n VW-Bus. Ich habe auch mal gesehen, daß er was ausgeladen hat.«

»Was?«

»Weiß ich nicht. In den Keller hat er das geschafft. So 'n großer Mann war das, mit noch breiteren Schultern als mein Mann, und der hat Mumm in den Knochen, sage ich Ihnen.«

»In den Keller?«

»Also wenn ich darüber nachdenke, ist das ja 'n bißchen komisch. Weil ich nämlich an dem Tag den Keller sauber gemacht habe, aber Sachen waren da nicht. Ich meine, neue Sachen.«

Mehr wußte die Zeugin nicht zu sagen.

Uwe Etzler saß im Schaukelstuhl am Schlafzimmerfenster, döste vor sich hin und linste durch den Gardinenspalt hinüber zu Rotermunds Bar. Für ihn gehörten Typen wie dieser Zuhälter unter die Rubrik Ungeziefer, aber er wußte nur zu gut, daß denen so gut wie selten etwas nachzuweisen war, weil sie ihr Tun nach allen Seiten wasserdicht abschotteten. Möglich, daß Rotermund sich am Tode Susi Kerners mitschuldig gemacht hatte, aber wie das beweisen? Die Folter war abgeschafft; manchmal konnte man das nur bedauern.

Er setzte den Schaukelstuhl in Bewegung, als er Stach bei der Bar vorfahren sah, und schielte auf das lockende Bett. Jetzt, dachte er, müßte Gaby hier sein. Sie klappert auf der Maschine rum in ihrem miefigen Büro, und ich brauche Streichhölzer für die Augen bei dieser langweiligen Observiererei. Drüben verschwand Stach im »Kolibri«...

Rotermund schlief noch, wie Bulli sagte. Bulli, der ehemalige Boxer, der auf Karl Scheumann getauft worden war, kam in Sandaletten und einem schneeweißen Bademantel aus dem Fitneßraum. Schweiß rann in Bächen über das großflächige Gesicht, den dicken Hals und in das Haargewirr auf der Brust. »Dann wecken Sie ihn!« befahl Stach und schaute sich im Fitneßraum um. An der Balancierstange verrenkten sich zwei Mädchen die nicht unflott proportionierten Glieder. Offenbar forderte Rotermund von seinen Striptease-Girls akrobatische Leistungen, während das Publikum doch ganz andere Erwartungen hegte.

»Hallo!« sagte Stach. »Wenn ich die Verrenkungen bloß sehe, kriege ich schon einen Muskelkater.«

»Sie sehen doch noch gar nicht aus wie ein Opa.« Die Mädchen kicherten und arbeiteten weiter ihre ganz auf Effekt angelegten Posen ein.

Stach trat zu der Maisbirne und tat probeweise ein paar Schläge. Dann versuchte er ein herumliegendes Gewicht zu stemmen, brachte es aber höchstens drei Zentimeter vom Boden hoch. Es wog mindestens zwei Zentner.

Rotermund kam in einem rohseidenen Morgenmantel japanischer Provenienz, das Haar zerrauft und die Augen verquollen. »Das ist aber eine unchristiche Zeit, Herr Hauptkommissar«, beschwerte er sich. »Wo brennt es denn nun schon wieder?«

Bulli trottete zu der Scheibenhantel, stellte sich breitbeinig davor, packte das Eisen mit festem Griff und stemmte es mit einem Ruck in die Höhe.

Stach klatschte Beifall, ehe er sich Rotermund zuwandte. »Hat Sträter sich bei Ihnen gemeldet?«

»Nee. Wieso? Ich denke, der ist auf Achse gegangen? Alice hat mir gestern abend was vorgeheult.«

»Hätte ja sein können. Noch mal von vorn: Wie lange kennen Sie Sträter?«

»Na, ein Jahr vielleicht. Kann sein, etwas länger.«

»Er kam öfter in Ihren Laden?«

»Manchmal. Mir hat er mal eine Arie vorgesungen, daß es so verdammt einsam wäre in dem Kaff. Also ich hätte es da keinen Tag ausgehalten.«

»Lief mit Alice schon länger was?«

»Da bin ich überfragt. Ich sage Ihnen, soviel weiß ich aus Erfahrung, wer sich nicht mit den Problemen der Nutten beschäftigt, kriegt viel später graue Haare. Meine wilde Zeit ist lange vorbei. Mit dieser Bar habe ich was Solides. Ich setze mir keine Läuse in den Pelz.«

»Sie haben Alice am Abend, als der Mord geschah, in die Bar geholt. Warum?«

Rotermund klopfte mit dem Nagel des Zeigefingers an einen seiner Goldzähne. »Das läßt Ihnen keine Ruhe, was? Mir auch nicht, wenn Sie es genau wissen wollen. Sträter hat das verlangt.«

»Daß sie bei Ihnen in der Bar arbeitete?«

»Ja. Er wollte herkommen und mit ihr einen draufmachen, hat er gesagt. Aber ich habe ihn nicht gesehen.«

»Warum haben Sie das nicht eher ausgesagt?«

Rotermunds Gesicht bekam den Ausdruck staunender Unschuld. »Haben Sie mich danach gefragt? Nee. Habe ich darüber nachgedacht? Auch nee. Aber jetzt, wo sie dauernd nach Sträter fragen, jetzt fange ich an, das komisch zu finden. Und das sage ich Ihnen, wenn der Stinker mich in was reinreißen will. Dann lernt er mich kennen!«

»Hat er Ihnen gesagt, wohin die Reise gehen sollte?«

»So vertraut waren wir nun wieder nicht miteinander. Außerdem war er dauernd auf Achse. Mal war ich bei ihm und wollte was Attraktives für mein Arbeitszimmer aussuchen, ein Gemälde oder so, da sagte mir Susi, daß er in Rio ist. Menschenskinder, davon träume ich schon lange. Rio!«

»Wann war das?«

»Nicht lang danach ist Susi von ihm weg. Ach ja, das war eigentlich auch das erste und einzige Mal, wo ich allein mit ihr gesprochen habe.«

»Worüber?«

»Na ja, direkt hat sie es ja nicht gesagt, aber gemerkt habe ich schon, daß sie es dick hatte mit Sträter.«

»Und deshalb haben Sie ihr dann auf die Schnelle das Apartment verschafft?«

»Unter anderem. Das Komische ist, daß Sträter das auch wollte.«

»Daß sie das Apartment bekam?«

»Sicher. Er wollte sie nicht abdampfen lassen, glaube ich. Dachte wohl, solange sie in seiner Nähe war, konnte er sie leichter zurückholen. Vor allem, wenn sie keinen Job kriegte und kein Geld mehr hatte und so ...«

Vieles hatte jetzt einen anderen Unterton als zu Beginn der Ermittlungen, bei der ersten Einvernahme Rotermunds. Sträters Rolle schälte sich immer klarer heraus, und Rotermund stand so weiß da wie frisch gefallener Schnee.

Nachmittags kam der Bescheid, daß die Mordwaffe – die Beretta – nirgends registriert worden war. Sie stammte also aus einem der vielen dunklen, unkontrollierbaren Kanäle, die wohl nie verstopft werden konnten.

Kurz danach rief der Chemiker an. »Es betrifft die Flasche, Herr Stach, die Sie mir gestern geschickt haben.«

»Welche Flasche? Ich bin ahnungslos.«

Der Chemiker las die Notiz auf dem Etikett vor, wonach das Fläschchen aus Sträters fahrbarer Bar von Etzler asserviert worden war. »Es enthält genau dasselbe Konzentrat an Scopolamin wie das andere, das bei der Leichensache gesichert wurde. Bringt Sie das weiter?«

»Erheblich«, sagte Stach. »Schönsten Dank.« Die Indizienkette gegen Sträter-Stielicke schloß sich nun schon fast lückenlos.

Dann war Staatsanwalt Harkort am Apparat. »Das Durchsuchungsergebnis Sträter liegt auf meinem Schreibtisch, Herr Stach. Ich bin erst zu einer ganz oberflächlichen Sichtung des beschlagnahmten Materials gekommen. Hinweise auf die dubiosen Geschäfte Sträters habe ich bisher nicht entdeckt.«

»Wahrscheinlich gibt es gar keine, Herr Harkort. Warum sollte er eine doppelte Buchführung anlegen über gestohlene und so schnell wie möglich weiterverkaufte Kunstwerke?«

»Natürlich. Das ist also alles sehr mager bisher. Aber ich habe hier eine abgeheftete Rechnung über den Einbau eines Tresors, lautend über mehr als dreißigtausend Mark. Haben Sie so etwas im Haus entdeckt?«

»Nein. Ist es sicher, daß es sich um den Bungalow in Dickhausen handelt?«

»Die Rechnung ist an die dortige Adresse geschickt worden. Ich könnte die Lieferfirma anrufen.«

»Ja, bitte! Ich fahre sofort nach Dickhausen und beginne mit der Suche. Sie können mich dort erreichen.«

»In Ordnung.«

Stach hatte noch nicht aufgelegt, als es klopfte. Auf sein »Herein« spazierte ein kaum mittelgroßer, jovial wirkender Herr in seine Denkerklause, gekleidet in einen sehr dezenten Nadelstreifenanzug, streckte die Hand aus und sagte schlicht: »Feddersen aus Kiel. Wir haben gestern miteinander telefoniert. Tag, Herr Stach.«

»Tag, Herr Feddersen. Sie sind aber von der schnellen Truppe.«

»Nolens volens. Die Dame, um die es sich dreht, kann es gar nicht erwarten, ihren von den Toten auferstandenen Göttergatten wiederzusehen.«

»Frau Stielicke?«

»Genau. Aus einem sehr einleuchtenden Grund: Sie möchte nächste Woche heiraten, und Bigamie ist bei uns immer noch strafbar.«

»Ach du dicker Vater! Ich kann weder Ihnen noch ihr den Mann präsentieren.«

»Dachte ich mir. Was sollte ich machen? Anbinden konnte ich Frau Stielicke nicht, also bin ich mit von der Partie.«

»Wenn es Ihnen nichts ausmacht, können Sie gleich das nette kleine Häuschen unseres Klienten in Augenschein nehmen. Es scheint so, als stünden wir vor einer wichtigen Entdeckung.«

Feddersen verzog das Gesicht. »Eigentlich ist mein Bedarf an motorisierter Fortbewegung gedeckt. Der Zukünftige der Frau Stielicke ist nämlich gefahren wie ein verhinderter Nicki Lauda.«

Stach lernte das Pärchen auf dem Flur kennen. Die nicht verwitwete Frau Stielicke hatte das Format einer Amazone, ihr Gesicht trug einen zu allem entschlossenen, männermordenden Ausdruck. Der Herr Krüfer an ihrer Seite, ein biederer Handwerker, hätte sich dadurch warnen lassen können, noch stand er ja nicht vor dem Standesbeamten.

»Sie haben ihn immer noch nicht?« fragte Frau Stielicke. »Wie konnten sie den Schweinehund bloß laufenlassen?«

Stach zuckte mit den Achseln. »Niemand kann das mehr leid tun als mir, gnädige Frau, aber hellseherische Fähigkeiten gehen mir leider ab. Vielleicht warten Sie im Hotel, bis ...«

»Kein Gedanke! Ich will mit eigenen Augen sehen, wie der Lump mit dem ergaunerten Geld gelebt hat, während ich darben mußte.«

Das wiederum konnte Stach ihr durchaus nachfühlen. Und weil er hoffte, aus erster Hand Genaueres über Sträter-Stielickes Lebensgewohnheiten zu erfahren, ließ er die Frau mitfahren. Mochte Sträter auch vor Jahren eine neue Identität aufgebaut haben, in eine andere Haut war er nicht geschlüpft.

16

Als sie vor dem Bungalow ausstiegen, weinte die Frau plötzlich. Eine Serie von Niederlagen, Konkurs, vermeintlicher Tod des Mannes, gesellschaftliche Ächtung, ein Dasein unter dem Existenzminimum, das alles hatte sie getragen und war dadurch härter geworden, vielleicht auch gefühlsärmer, doch der in bitteren Jahren gewachsene Panzer der Härte zerbrach jetzt plötzlich.

»Ich habe vor einer grausig verbrannten Leiche gestanden, an seinem Grab bin ich zusammengebrochen, ich habe ihn einmal geliebt, und er... weggeworfen hat er mich wie... wie...«

Feddersen legte die Hand auf ihre Schulter, ihr Verlobter zog sie mit einer unbeholfenen Geste an sich. »Beruhige dich. Habe ich dir nicht gesagt, wir sollten die Finger davonlassen?«

Sie schüttelte heftig den Kopf, wischte sich über die Augen und schnüffelte. »Damit muß ich fertig werden. Ich bin mit so vielem fertig geworden. Die Hand heben mußte ich und den Offenbarungseid leisten. Und er, er ist mit dem Geld durchgebrannt, hat tausend Menschen betrogen. Ich hab's nicht geglaubt, nicht glauben können.«

Stach erbrach das Siegel an der Haustür. Ein neues Schloß war eingesetzt worden, zu dem er den passenden Schlüssel hatte. Während er die Rolläden hochzog, schauten sich die anderen in der Halle um. Frau Stielicke wirkte jetzt gefaßt, sie hielt sich an ihrem Verlobten fest.

»Hat Ihr Mann sich immer schon für Kunst interessiert?« fragte Stach.

Sie nickte. »Das war sein Hobby. Oft hat er Geld dafür ausgegeben, das im Geschäft dringend benötigt wurde.«

Mit einem Zollstock bewaffnet, wollte Stach gerade in den Keller hinunter, denn nur dort konnte ein versteckter Tresor sein, als das Telefon läutete. Staatsanwalt Harkort war dran. »Es stimmt, Herr Stach. Die Lieferfirma hat die Unterlagen herausgesucht. Ein Monteur mit passenden Schlüsseln ist schon von Köln unterwegs.«

»Ausgezeichnet, danke. Wo ist er eingebaut?«

»Im Keller, von der Treppe aus gesehen im hinteren rechten Raum.«

Feddersen begleitete Stach hinunter. Die Wände des hinteren rechten Kellers waren mit Regalen zugestellt, eins davon gefüllt mit Weinflaschen. Das Mittelteil war mir kaum sichtbaren breiten Rollen versehen und ließ sich mühelos ausfahren. Dahinter präsentierte sich eine Stahltür, wie Stach sie bisher nur vor Banktresoren gesehen hatte.

Feddersen nagte nachdenklich an der Unterlippe. »Erstaunlich, welchen Aufwand er getrieben hat. Ob er hinter dem Stahl Goldbarren hortet?«

»So etwas Ähnliches«, knurrte Stach. »Gemälde Großer Meister sind so gut wie harte Goldwährung.« Und er berichtete seinem Kieler Kollegen, was sie über Sträter herausgefunden hatten.

Feddersen hörte sich die Fakten ohne Zwischenfrage an. »Die Sammlerleidenschaft«, meinte er, »muß eine seiner Triebfedern gewesen sein.«

»Und Gier nach mehr Geld«, ergänzte Stach. »Wenn er vor dem betrügerischen Konkurs seiner Firma einige Millionen beseite geschafft hat, hätte er doch ganz unauffällig nur von den Zinsen leben können. Aber nein, er mußte ganz groß in das kriminelle Geschäft einsteigen. Wer mag der Tote in Kiel gewesen sein?«

»Keine Ahnung. In einem Seehafen mustern oft Matrosen ab, um die sich kein Mensch kümmert. Die Leiche war so bis zur Unkenntlichkeit verbrannt, nur noch ein auf Liliputanergröße zusammengeschrumpftes Häufchen, daß eine Identifizierung unmöglich war.«

»Ein raffinierter Hund. Bei unserem Mord hat er des Guten zuviel getan. Zum Glück wissen die wenigsten Verbrecher etwas über die wissenschaftlichen Methoden der Gerichtsmedizin.«

Alles lag klar auf der Hand, das Was und Wie und Warum – das Motivbündel –, auch über die Person des Täters gab es keinen Zweifel mehr, aber dadurch hatte man ihn noch nicht in der Zelle.

Der Monteur, ein zerknitterter Fünfziger, kam kurz vor fünf Uhr nachmittags mit einem wenig dienstfreudigen Gesicht. »Da wird man durch die Gegend gescheucht, als ob dieser Schuppen in Flammen stünde. Um halb fünf habe ich Feierabend, Manometer. Bis ich zurück bin, ist es glatt halb sieben, und bloß wegen so 'nem Schloß. Morgen ist auch noch ein Tag.«

Stach grinste. »Wetten, daß Sie die Überstunden besser bezahlt kriegen als ich?«

»Darauf huste ich, Sie! Das Finanzamt kriegt schon viel zuviel von mir.«

»Tsi tsi tsi, eine Arbeitsmoral ist das!«

Feddersen, Stach und Peter Graff, der seine Interview-Tour im Dorf abgeschlossen hatte, standen neugierig dabei, als der Monteur die beiden gezackten Schlüssel einführte und das Schwungrad drehte. Langsam öffnete sich die schwere Panzertür, die Neonröhren in dem Raum dahinter flammten auf. Keiner rührte sich vom Fleck, alle starrten auf das makabre Bild, das sich ihnen bot. Dann wankte der Monteur ein paar Schritte zur Seite und erbrach sich.

Herwig Sträter alias Hartmut Stielicke sah bei weitem nicht mehr so gut aus wie bei Stachs letztem Besuch. Er saß in einem bequemen Sessel und starrte aus weit geöffneten, blicklosen Augen auf seine Besucher. Der silbergraue Bart hatte die Farbe von dunklem Rost angenommen, das Gesicht war von erbarmungslosen Fäusten, vielleicht auch von einem harten Gegenstand demoliert worden, und mitten zwischen den Augen saß ein Loch zuviel, gerissen von einer Kugel.

Unter den Kunstwerken, die er im Tresor gesammelt hatte, entdeckte Stach die beiden Gemälde aus der Sammlung Strehlitz und einige sehr kostbare Madonnen. »Es scheint so«, sagte Feddersen trocken, »als hätte er seinen Meister gefunden.«

17

Fünf Minuten nach Mitternacht klingelte das Telefon in Sträters Arbeitszimmer. Das Licht der winzigen Notbeleuchtungsbirne, die Stach in die Schreibtischlampe geschraubt hatte, reichte nicht einmal bis zu ihm; er lag mehr, als er saß, in einem Schaukelstuhl und war tatsächlich eingenickt. Es klingelte dreimal, dann war es wieder so still, daß das Ticken der Westminsteruhr so laut klang wie das des Chronometers im alten Kirchturm von Dolve.

Gähnend richtete Stach sich auf und griff, als der Apparat wieder läutete, sofort zum Hörer. »Ja?«

»Er ist eben losgefahren«, sagte Kommissarin Dagmar Rückert. »In einem VW-Bus, der vor einer halben Stunde angekommen ist.«

»Aja. Er allein?«

»Nein, es sind mindestens zwei. Muß ich noch länger hierbleiben?«

»Geh in die Heia, Dagmar. Und schönen Dank.«

»Toi toi toi, Kurt.«

Stach griff zum FuG 10 und sprach ins Mikrofon: »Einsatzleitung an alle! Achtung, an alle! Fertig machen zum Einsatz. Frage verstanden?«

Uwe Etzler antwortete zuerst. Er saß mit Rengsdorf in

seiner alten Karre am Ortseingang von Dickhausen. »Alles klar, Chef.«

Dann meldete sich Graff, der zusammen mit Smarsin in der Nähe der Einfahrt zum Bungalow in Bereitschaft lag. Außerdem warteten drei Funkwagenbesatzungen auf den Einsatzbefehl, sie hatten aber lediglich auf ein Stichwort hin Straßensperren zu errichten. Stach hoffte, daß sie nicht eingreifen mußten.

Natürlich hätte es sein können, daß sie diese Nacht vergeblich auf dem Anstand saßen. Und auch die nächste. Ein Jäger muß vor allem Geduld haben. Trotz aller starken Verdachtsmomente wollte Stach nicht wieder an einer Indizienkette basteln, sondern den direkten Tatnachweis führen. Deshalb saß der tote Sträter noch im Tresor. Es hatte keine Eile mehr. Jedes Aufsehen vermeiden, war Stachs Devise gewesen. Er ging davon aus, daß die Kunstschätze der beste Anreiz waren, die Täter hierherzubringen.

Nach genau fünfundzwanzig Minuten kam Etzlers Stimme über FuG 10 bei ihm an: »Ein VW-Bus hat uns gerade passiert, er biegt in den Waldweg ein, der hinter Sträters Haus vorbeiführt.«

»Verstanden«, sagte Stach. »Bleibt, wo ihr seid. Ihr sperrt den Weg erst, wenn ich es sage. Ende.«

»Verstanden. Ende.«

Gleich darauf meldete sich Graff. »Haben mitgehört und verstanden. Ende.«

Stach griff zum Telefon, wählte die Wache an und gab den Einsatzbefehl für die Streifenwagen. Für die Straßensperren hatten sie drei Punkte ausgesucht, die keinen Durchschlupf freiließen. Das hügelige Gelände bot dazu reichlich Gelegenheit.

Uwe Etzler kroch aus dem Fond seines Wagens und setzte sich hinters Steuer. Rengsdorf steckte eine Zigarette an und meinte: »Glaubst du, daß die die Leiche auch abholen? Ich verstehe überhaupt nicht, daß sie die einfach im Tresor haben sitzen lassen.«

»Ich schon.« Etzler gähnte, aber das war nicht Müdigkeit, sondern Aufregung. »So wie Sträter aussieht, haben sie ihn stundenlang weichgeklopft, ehe er den Fangschuß gekriegt hat. Der Mann hat Zaster, verstehst du, und das wollen die doch nicht verschimmeln lassen.«

»Und die kostbaren Gemälde und das andere Zeug, warum haben sie das nicht weggeschafft?«

»Aus Zeitmangel. Eine Nacht ist verdammt kurz, wenn du ein solches Geschäft erledigen willst. Ich glaube, Sträter wollte nicht so wie seine Kumpel, vielleicht war er auch zu knauserig. Wenn es um Moneten geht, hört die Freundschaft auf.«

»Und die hübsche Alice, hat die wohl etwas gewußt?«

»Denkste! Die war so ahnungslos wie du und ich, verlaß dich drauf. Sträter mußte sie anrufen, damit sie uns erzählen konnte, daß er auf Weltreise gehen wollte. Überall sollten wir ihn suchen, bloß nicht hier.«

Das Funkgerät zirpte. »Achtung, Uwe«, kam Stachs verhaltene Stimme. »Sie sind beim Haus, sie kommen durch die Garage. Baut eure Sperre auf.«

»Verstanden. Wir gehen in Position.«

Etzler ließ den Motor an und fuhr ohne Licht an. Er schaltete in den zweiten Gang und tuckerte mit kaum hörbarem Motor in den Waldweg, der ungefähr dreihundert Meter weiter in einem Steinbruch endete. Sie hatten das Gelände genau inspiziert, deshalb stoppte Etzler kurz vor einer Biegung und ließ den Motor sterben. Sie stiegen aus und pirschten sich durch das Gebüsch an den VW-Bus heran. Er war schon gewendet worden.

Zur gleichen Zeit schlichen Graff und Smarsin von Gebüsch zu Gebüsch. Smarsin fühlte sich lebhaft erinnert an eine Feindpatrouille im Krieg, den er in seinen letzten Zukkungen noch als Flakhelfer erlebt hatte. Deshalb hielt er auch nichts vom Schießen. Aber als Graff die Pistole zog, durchlud und sicherte, tat er es ihm nach.

Es passierte auf der Kellertreppe, und es konnte nur passieren, weil Stach die Stablampe nicht anknipsen durfte. Mindestens zehnmal hatte er den Weg vom Arbeitszimmer durch die Halle und den Flur die Treppe hinab mit geschlossenen Augen gemacht und sich jede Einzelheit eingeprägt.

Er konnte nicht wissen, daß die beiden späten Besucher eine Werkzeugtasche oben im Flur, genau im Kellereingang stehengelassen hatten. Er trat dagegen, verlor die Balance, verpaßte auch die zweite Treppenstufe von oben oder trat vielmehr nur auf deren vordere Kante, rutschte ab und hatte in der gleichen Sekunde das Gefühl, ein Pferdehuf träfe mit voller Wucht seinen Knöchel. Dann rodelte er die Stufen hinunter, verlor die Stablampe, aber nicht die Pistole, rodelte vor der Werkzeugtasche her, die ihm auf dem Fuße folgte und an der Schulter traf, als er unten ankam.

Stille. Dann ein Fluch, dann Getrampel – ein Schuß. Aber er ging ungezielt in die Wand und jaulte als Querschläger weiter.

»Hände hoch!« schrie Stach. »Polizei! Die Waffen weg!«

Eben noch war ein Lichtschimmer durch den Spalt in der Kellertür gekommen, jetzt erlosch er. Zappenduster war es. Stach entsicherte die Waffe und setzte einen Warnschuß hoch ins Holz der Tür. Er drückte sich an der Wand hoch zum Stand, doch als er mit dem rechten Fuß auftrat, hätte es ihn fast wieder umgeworfen. Humpelnd, mit tausend unausgesprochenen Flüchen in der Kehle, fühlte er sich an die Kellertür heran, tastete vorsichtig um die Ecke und knipste das Licht an.

Ihm bot sich ein sehenswerter Anblick. Karl Scheumann, genannt Bulli, hing wie ein Frosch im viel zu engen Rost des

Kellerfensters und konnte weder vor- noch rückwärts. Von Rotermund war nichts mehr zu sehen, er hatte sich auf französisch empfohlen.

»Soll ich dir helfen, Bulli?« fragte Stach höflich. »Komm retour und mach keine Fisimatenten, der letzte Akt der Oper ist beendet.«

Noch ein verzweifelter Strampler von Bulli, dann kam er, wenn auch nicht reumütig, zurückgerutscht. Nur ein paar Hautfetzen blieben am eisernen Fensterrahmen hängen. Er hob die Hände, und Stach ließ die stählernen Handfesseln einschnappen.

»Tja«, sagte er. »Glück bricht wie Glas. Erzähl mal, Bulli, wer hat Strehlitz totgeschlagen? Sieht mir verdächtig nach deiner Handschrift aus.«

Scheumann senkte den zerhauenen Schädel. »Nee, das war Rotermund. Ich hatte gerade das Bild abgenommen, da hielt dieser Strehlitz mir plötzlich 'ne Knarre vor. Ich hätte den nicht kaputtgemacht, Chef, ich bestimmt nicht.«

»Susi. Auch wenn du dir nichts aus Mädchen machst, hättest du sie nicht umbringen müssen.«

»Mir hängen Sie so was nicht an. Susi hab' ich gerngehabt, das schwör' ich. Susi hat alles gewußt. Oder viel. Und als sie von Sträter abgehauen ist ...«

»Wer? Rotermund?«

Bulli nickte. »Die Karre steckt im Dreck. So 'n paar Bilder abstauben von stinkreichen Leuten, das juckt mich nicht. Aber das mit Susi, das war 'ne Sauerei. Ich habe erst geglaubt, dieser Junge hätte das getan, der bei ihr war. Aber als wir Sträter zwischenhatten, kam alles raus. Sträter wollte bloß, daß sie betäubt wurde, er wollte sie sich ganz privat vornehmen. Aber weil der andere dabei war, hat Rotermund sie alle gemacht.«

»Sträter wollte Schluß machen mit euren Geschäften?«

»Sicher. Und abhauen. Nach Brasilien.«

»Mit Alice?«

»Kein Stück. Rotermund hat ihm den Ballermann ins Genick gehalten. Er mußte Alice anrufen und sagen, daß er mit ihr auf große Tour gehen wollte.«

»Den Tresor konntet ihr aber in der Nacht nicht mehr ausräumen, und weil ihr dachtet, wir hätten ihn und die Leiche nicht entdeckt, seid ihr heute abend wieder hergekommen.«

Bulli nickte nur. Sicher war er mehr Amboß als Hammer gewesen, ein Werkzeug in den Händen eines gewissenlosen Gangsters – ob er an einer Anklage wegen Beihilfe zum Mord vorbeikam, bezweifelte Stach.

Als Graff und Smarsin den gedämpften Knall des Schusses hörten, hatten sie sich gerade bis zur Vorderfront des Bungalows vorgearbeitet. Sie warteten auf Stachs weitere Anweisungen, doch die kamen nicht, weil er erstens alle Hände voll zu tun hatte und weil zweitens das FuG 10 beim Treppensturz den Geist aufgegeben hatte.

Aus diesen Gründen sahen Graff und Smarsin nicht mal mehr die glühenden Hacken Rotermunds, als der, an der Terrasse vorbei, die deckenden Sträucher erreichte und dann den Wald.

Auch Etzler und Rengsdorf warteten auf das Zirpen aus dem Empfänger. Sie standen zwischen dichtem Gebüsch nahe am Weg, starrten in die Finsternis und rechneten noch nicht mit Arbeit, als nicht weit entfernt ein Zweig knackte. Dann raschelte Laub ... und wieder Stille. Es konnte ein Reh sein oder ein Fuchs, es konnte auch einer ihrer Delinquenten sein. Etzler stieß Rengsdorf an und zog die Pistole.

Plötzlich war da ein Schatten neben der Fahrertür des Busses. Im nächsten Augenblick knallte der Schlag zu, der Motor röhrte auf, die Scheinwerfer blendeten Etzler und Rengsdorf mitten in die Augen.

»Verdammte Affenschande!« schrie Etzler und schoß. Da drehten die Reifen des Wagens schon durch, und er raste heran. Sie sprangen tiefer in die Büsche, weil sie nicht lebensmüde waren. Rengsdorf stolperte über einen dicken Ast und setzte sich auf den Hintern. Als Etzler den Hinterreifen anvisierte und schoß, hatte der Bus schon fast die Biegung erreicht. Er schlingerte durch die tiefen Fahrrinnen, daß es eine Freude war, nahm die Biegung, die Rücklichter verschwanden hinter deckendem Strauchwerk – dann knallte es. Metall kreischte, Glas splitterte ...

»Mein bestes Stück!« rief Etzler und rannte los.

Sein Wagen parkte dicht an einer Böschung. Auf der anderen Seite fiel ein Hang einen knappen Meter neben dem Weg steil ab. Und für zwei Wagen war kein Platz. Es bumste und schepperte heftig, als der VW-Bus sich den Hang hinab mindestens dreimal überschlug, ehe er auf der Seite liegenblieb.

Etzler rutschte hinterher. Rotermund war momentan sprachlos, weil er mit dem Kopf gegen die Scheibe geflogen war. Es kostete Etzler und Rengsdorf einige Mühe, ihn aus dem Wrack zu zerren.

»Knöchelbruch«, sagte Stach und deutete erklärend auf den Gips, mit dem die Medizinmänner ihn verziert hatten. Und als er Renates entgeistertes Gesicht sah, mit dem sie aus dem Sessel hoch- und auf ihn zukam, fügte er lachend hinzu: »Nun wein mal nicht, das wächst wieder an. Aber das sage ich dir, für den da, deinen lausigen Neffen, hole ich nie wieder Kastanien aus dem Feuer!«

Ralph Thorn, seit Mittag auf freiem Fuß, schaute verständnislos vom Gips auf zu Stachs Gesicht, das jetzt von Renates Haarschopf verdeckt wurde, weil sie ihn stürmisch in die Arme nahm. »Was hat dich denn getreten, liebes Onkelchen, ein Pferd?« Er hakte Stach unter und half ihm großzügig in einen Sessel. »Wie wär's mit 'nem Schnaps?«

»Zwei«, sagte Stach. »Die habe ich mir redlich verdient.«

»Und?« fragte Renate wißbegierig. »Habt ihr den Mörder?«

»Wir haben alle drei.«

»Drei Mörder?«

»Nein, das war nur einer.«

»Sträter?« rief Ralph und schleppte drei randvolle Gläser an. »Mit dem laß mich mal zehn Minuten allein, dann kannst du ...«

»Das wär Leichenschändung. Seine Witwe ist nun wirklich eine Witwe.«

»Und wer war es?«

»Rotermund. Unter dem Eindruck unserer Beweise ist er übrigens voll geständig, und das will bei so einem Typ was heißen. Er hat auch vor Jahren in Kiel schon eine Leiche für Sträter geliefert. So lange liegt ihre Bekanntschaft zurück. Noch Fragen?«

»Tausendundeine«, sagte Ralph. »Zum Beispiel ...«

»Heute nicht mehr«, entschied Renate resolut. »Guck mal auf die Uhr.«

Sie zeigte die vierte Morgenstunde an. Draußen zwitscherte aus Leibeskräften eine Drossel. Renate öffnete die Balkontür und trat hinaus. »Richtig herrlich ist es so früh am Morgen. Das erleben wir nie.«

»Nee«, sagte Stach. »Mal muß der Mensch ja auch schlafen.« Er gähnte. »Wann ist übrigens die Beerdigung, Ralph?«

»Morgen. Vorhin habe ich mit Helga gesprochen und alles geklärt.« Er schwieg eine Weile. »Ich werde mich um sie kümmern. Sie ist genauso allein wie ich.«

Stach nickte nur. Renate kam wieder herein, zog fröstelnd die Schultern hoch und schloß die Tür. »Ich glaube, wir kriegen Regen. Der Wasservogel singt.«

»Können wir brauchen«, sagte Stach. »Smarsin jammert

jeden Tag, daß in seinem Schrebergarten alles verdorrt. »Er vergaß seinen Gips, als er aufstand und verbiß sich ein unfeines Wort. »Und jetzt schlafe ich drei Tage und Nächte durch.«

Seine Frau lächelte. »Wer das glaubt, hat selber schuld. Du läßt dich doch noch mit dem Kopf unterm Arm ins Büro fahren. Was wird denn nun aus Rotermunds Bar?«

»Die übernehme ich, damit wir endlich von den armen Leuten wegkommen.«

ROTE KRIMI
Zyankali
nimmt den Schmerz
MARSH
Der Tod im Frack
4908
MARSH
Mylord mordet nicht
4910
MARSH
Mord im Atelier
5000
WOODS
Eine glatte Lüge
4985
CHRISTIE
Das Haus an der Düne
0098
SAYERS
Es geschah im Bellona-Klub
3067
SAYERS
Geheimnis-volles Gift
3068
HILL
Welke Rosen muß man schneiden
4996
STOUT
Orchideen für sechzehn Mädchen
3002
KNOX
Die Spur nach Teneriffa
5011
WOODS
Ruf das Gestern zurück
4977
CHRISTIE
Alibi
0012
KRISTAN
Fehltritt im Siebengebirge
5003
MOLSNER
Die Euro-Ermittler
Der ermordete Engel
5002
WERY
Auf dünnem Eis
POLIZEI
4830
UPFIELD
Bony übernimmt den Fall
2031
FREELING
Tsching bumm!
5261
SIMON
Das Geschäft mit der Macht
4979
GOLDMANN